첫차의
애프터
파이브

첫차의
애프터
파이브

아가와 다이주 소설

이영미 옮김

소소의책

| 차례 |

· 제1화 ·

첫차의 애프터 파이브

금요일에는 막차로 출근한다.

JR아사가야 역 오전 0시 24분 출발, 주오선 상행인 도쿄행 막차를 타는 시미즈 소지로는 늘 신주쿠 역에서 내린다. 자정이 지났는데도 거리에는 여전히 8월의 마지막 금요일 밤이 긴 꼬리를 늘어뜨리고 있었다.

하행 전철을 기다리는 사람들의 행렬을 빠져나갈 때마다 알코올 냄새가 코를 찌른다.

이 일을 막 시작했을 무렵에는 그 냄새가 불쾌했다. 지금은 너무나 당연해져서 오히려 이제부터 일터로 향하는 자기 자신을 고무시키는 냄새가 되었다.

사람들은 취했다. 나는 지금부터 하루 일을 시작한다. 그 상황에 왠지 모를 고양감이 느껴진다.

갈지자로 비틀거리는 중년 남자도, 큰 소리로 대화하는 직장인들도 몇 시간 전까지는 다들 일하고 있었다. 하루 업무를 끝내고, 조촐하게 즐거운 시간을 보내고, 지금 이곳에서 집으로 돌아가려는 것이다.

술을 마신 인간보다 이제부터 일을 시작하는 인간이 더 훌륭한 건 아니다.

그건 물론 알지만, 즐겁다고는 할 수 없는 일터로 향하기 위해 억지로라도 기분을 북돋우려는 마음가짐이 습관이 되었다.

'기타카타 라면' 가게의 모퉁이를 돌면 눈에 들어오는 '오모이데요코초'('추억 골목'이라는 뜻을 가진 신주쿠의 먹자골목 – 옮긴이)의 비좁은 골목길에는 사람들의 왕래가 뜸했다.

막차가 끊기기 전에 귀가하려는 사람들이 일제히 역으로 막 흡수되어버린 시간이지만, 32도가 넘었던 낮 공기는 여전히 남아 있었다.

그런데도 스쳐가는 길목의 가게 안에 남아 있는 손님 숫자는 꽤 되었다. 이미 막차를 포기한 사람과 애당초 막차로 돌아갈 마음이 없는 사람들에게서 이 거리는 한참 더 돈을 빨아들일 것이다.

요코초 가운데쯤, 유독 밝은 형광등 불빛 속에 사람들이 모여 있었다. 건물 모서리에 L자형 카운터를 설치한 입식 국숫집이다. 정확히 말하면, '입식' 식당은 아니다. 카운터에는 의자가 있다.

출근 전에 '쓰루야'라는 그 가게에 들르는 게 습관이었다.

가게 안에서는 수건으로 머리를 동여맨 남자가 여느 때와 다름없이 수증기가 피어오르는 커다란 냄비에서 건져 올린 국수의 물기를 빼고 있었다.

L자형 카운터의 긴 쪽에 앉아 있는 손님은 모두 백인이었다. 그들을 에워싸듯이 밖에도 백인 몇 명이 서 있었다. 여성도 둘이나 보였다.

완전히 익숙해진 풍경이다.

신주쿠 역의 서쪽 출구 부근 호텔에 묵는 외국인 관광객들이 이국정서를 느끼려고 아주 작은 가게들이 복작거리는 요코초나 골든가를 눈요기 삼아 찾아온다. 막차로 귀가하는 일본인들이 썰물처럼 빠져나간 후에는 그런 관광객들의 비율이 눈에 띄게 높아진다.

쓰루야의 메뉴에는 번호와 영어도 함께 적어놓았다.

운 좋게 때마침 소지로의 앞자리가 비었다. 외국인들 쪽을 살펴보았지만, 아무도 앉으려는 기색은 보이지 않았다.

"앉으세요. 어차피 저 외국 분들은 구경 삼아 왔을 뿐이니까."

가게 주인이 권해서 자리에 앉았다.

"늘 드시던 걸로?"

"아 네, 야채튀김국수, 달걀 넣어서요."

"알겠습니다."

주인이 끓는 물에 면을 넣은 순간, 카운터에서 음식을 먹기 시작한 외국인 손님이 주인에게 뭐라고 말을 건넸다.

주인은 살짝 찡그린 얼굴로 얘기하는 사람을 바라보았다. 무슨 말인지 모르는 모양이다. 잠시 후, 도움을 요청하듯 소지로를 쳐다보았다.

"둘이 나눠 먹고 싶다고, 덜어 먹을 그릇을 달랍니다."

소지로가 구조선을 띄워주자 주인은 "아하, 그런 뜻이었군요"라며 시선을 돌리고, 긴 팔로 선반 위의 그릇을 집어서 외국인 손님에게 건네주었다.

"무차스 그라시아스."

"오케이, 오케이, 유어 웰컴이에요."

스페인어로 감사 인사를 한 손님에게 가게 주인은 어색한 영어 발음으로 대꾸했다.

외국인 손님은 서툰 손놀림으로 빈 그릇에 국수를 나눠 담아 등 뒤에 서 있는 동료 몇 명에게 건네주었다. 뒤에 서 있던 사람들은 어린애처럼 떠들어대며 국수를 빨아들였다. 젓가락질이 힘들어 보였지만, 그것도 즐기는 것 같았다.

"돈, 여기 둡니다."

"고맙습니다. 덕분에 살았어요. 영어뿐이 아니고, 스페인어까지 하시네요."

"사장님, 조금 전 말이 스페인어인 줄 아시네요."

"뭐, 아무래도 이런 장사를 하다 보면 '안녕하세요', '고맙습니다' 정도는 알게 되죠."

"잘 먹었어요."

"어떻게 된 영문인지 모르겠지만, 외국인용 가이드북이나 인터넷 같은 곳에 우리 가게가 실렸는지……."

"봤어요. 메뉴랑 가격, 그리고 주문 방법까지 나와요."

"허, 그래요?"

주름이 자글자글한 주인 얼굴에 미소가 번졌다.

"늘 고맙습니다. 수고하세요."

"그라시아스."

외국어로 인사를 건네고, 가게에서 나왔다.

신주쿠는 다국적 거리다.

가부키초를 지나면 쇼쿠안 거리가 나오는데, 그 건너편에 있는 신오쿠보에는 코리아타운이 자리 잡고 있다. 중국인 사업가도 많다. 음식점이나 유흥업소 종업원으로 일하는 아시아 계통·동유럽 계통의 여성과 호객 행위를 하는 아프리카 계통의 남자들도 있다. 그들 모두 그 지역을 직장이나 거처로 삼아 생활한다. 그 지역 주민이다.

그에 반해 외부에서 찾아오는 외국인들이 있다.

그중에서도 서양인들은 축제 수레에 탄 거대한 로봇이 무대에서 여흥을 펼치는 쇼 레스토랑, 겨우 몇 사람만 카운터에 앉을 수 있는 조그만 목조 바가 200개 이상 줄을 잇는 '골든가', 좁은 골목길 양쪽에 작은 술집이 늘어선 '오모이데요코초'를 후지 산이나 아사쿠사 센소지나 아키하바라와 마찬가지로 '일본적인 풍경'이라 여기며 즐기러 온다.

시작부터 남에게 도움을 주었다. 오늘은 운이 좋은 날이다.

큰 모퉁이를 지나 복권 판매점이 있는 곳에서 가부키초 방면으로 돌아들면서 소지로는 생각했다. 이런 날은 복권을 사면 맞을지도 모른다.

스페인어를 하던 손님들은 메밀국수의 맛을 알았을까.

서양인에게는 음식을 먹을 때 소리를 내며 흡입하는 습관이 없다. 수증기가 피어오를 정도로 온도가 높은 음식을 입에 넣기 직전에 식히는 기술을 모르기 때문에 입 안에 화상을 입지 않고는 면 종류를 먹을 수가 없다. 가느다란 국수를 집어서 입으로 옮기는 젓가락질도 서툴다. 초밥은 누구나 먹을 수 있지만, 국수를 맛있게 먹을 수 있는 서양인은 상급자에 한한다.

가부키초 1초메도 사람들 발길이 뜸했다.

잠시 후, 삐끼가 많은 지역으로 접어들었다.

"2차 가실래요?"

"예쁜 애, 있어요."

"마사지, 어때요?"

늦은 밤에 남자 혼자 이 지역을 지나려면 좀 성가시다.

막차를 놓친 사람들에게 아침까지 한 푼이라도 더 뽑아내려고 노리는 가게들의 호객 행위에 이따금 앞길이 가로막힌다.

바빠서 이쪽이 기세 좋게 성큼성큼 걸어가면, 그들이 허둥지둥 길을 열어준다. 바다를 가르며 걷는 모세가 된 기분이다.

몸이 조금이라도 닿으면, 도쿄 도의 조례 위반에 해당하기 때문이다. 가부키초 중심부에는 가는 곳마다 감시카메라가 달려 있기 때문에 그들도 번거로운 사태는 피하고 싶은 것이다.

"루마니아."

귓가로 다가와서 머나먼 나라의 이름만 말하는 남자도 있다. 그들이 속삭이는 나라 이름은 대체로 동유럽 국가다. 나라 이름이 그대로 저속한 비즈니스의 은유처럼 사용된다는 사실을 알면, 그 나라 사람들은 과연 어떤 기분이 들까.

이 사람들을 상대해줄 여유는 없다.

소지로는 몸에 휘감기는 뜨뜻미지근한 공기를 꿰뚫고, 술 주정뱅이 몇 명을 앞지르며 밤늦은 환락가를 걸어갔다.

북쪽으로 갈수록 유흥업소와 호스트클럽 간판이 늘어난다. 노골적으로 드러낸 욕망과 그것을 둘러싼 야심이 이 거리의 풍경을 만든다.

하나미치 거리를 지나면, 쇼쿠안 거리까지 러브호텔 지역이다. 가까이 갈수록 자신과 같은 방향으로 향하는 커플이 많아진다.

이 지역에 있는 호텔이 전국 호텔 수의 1퍼센트 이상을 차지한다는 사실을 안 것은 지금 일을 막 시작한 무렵이었다. 욕망이 훤히 드러난 거리처럼 보이지만, 혼자 걸어가는 여성도 많다. 피부를 노출시킨 도발적인 의상을 입은 여성이 야심한 밤에 몇만 엔이나 하는 스마트폰을 귀에 댄 채 혼자 걸어갈 수 있는 거리이기도 하다. 위태로운 곳도 많을 테지만, 이제는 세간의 이미지만큼 위험한 지역은 아니다.

이윽고 좌우에서 번쩍거리는 조명이 끊기고, 호텔 길목으로 접어들었다.

아까부터 소지로 앞에서 커플이 걸어가고 있었다. 여자가 더 적극적인 것처럼 보였다.

매일 같은 길을 걸으며 그곳에서 우연히 마주치는 커플들의 관계를 상상하는 습관이 생겼다. 사실은 어떤지 알 수 없다. 알 필요도 없다. 단순한 심심풀이다.

주변을 느긋하게 걸어가는 커플들을 앞지르지 않으려고 조심한다. 그런 배려 대신 이쪽은 잠깐 장난을 쳐보는 셈이다. 뒤에서 관찰하면서 복장이나 머리모양, 걷는 모습으로 두 사람의 관계와 나이, 직업, 교제 기간 등을 프로파일링 해본다. 물론 제멋대로 떠올려보는 엉터리 상상이다.

하얀 재킷을 입은 여자는 스물여덟 살, 짙은 남색 양복의 비쩍 마른 남자는 스물세 살이라고 결론을 낸 시점에, 두 사람이 호텔 입구로 사라졌다.

안심이 되어 평소 자기 페이스까지 걷는 속도를 높이자 잠시 후 직장에 도착했다.

'호텔 스푸트니크'.

똑같은 이름을 가진 호텔이 모스크바와 상트페테르부르크에도 있다. 물론 이 호텔과는 아무런 관계도 없다.

예순 살인 그보다 윗세대라면 들어본 기억이 있을 것이다. 구소련이 쏘아올린 세계 최초의 인공위성 이름이다. 호텔 입구에 그 위성을 본떠 만든 네온이 주위에서 점멸하는 별들과 함께 반짝였다.

인공위성을 좀 아는 사람이 보면, 굉장히 구식 이름일 것이다. 그러나 내부 장식의 미래적이고 비일상적인 면이 나름 인기가 있는지, 입소문 사이트에 실린 젊은 커플들의 평판이 좋은 모양이다.

스푸트니크는 밤 8시대에는 식사를 끝내고 바로 오는 커플들로 일단 만실이 된다. 막차 시간까지 '휴식'을 취하는 손님들이다. 그 손님들이 돌아간 후, 오전반 객실 청소부들 중

전철로 퇴근하는 직원이 있다. 그들이 미처 끝내지 못한 작업부터가 '오후반 보조'인 오늘의 내 업무가 된다.

"시미즈 씨, 701호 배수 점검 좀 해줘요. 샤워실 쪽이래요."

대기실에서 타임카드를 찍는 순간에 매니저에게서 업무 지시가 떨어졌다.

익숙한 일이다. 어쩌다 보니 상하수도와 관련된 간단한 말썽 처리는 그의 몫이 되어 있었다.

해외 생활을 오래하다 보니 자연스레 몸에 밴 기술이었다.

베네수엘라에서도, 나이지리아에서도, 칠레에서도 거주하는 집의 상하수도 관련 말썽은 일상다반사였다. 유럽 선진국에서조차 상황은 마찬가지인데, 일본과 달리 집주인에게 말해도, 배관공에게 전화를 걸어도 대부분은 바로 고쳐주지 않는다. 이런저런 이유를 대며 살펴보러 오지도 않는다. 가까스로 와도 부품이 없다면서 며칠을 더 기다리게 만든다. 쾌적하게 살려면 자기 손으로 직접 샤워 시설이나 화장실을 고치는 수밖에 없는 것이다.

작업복으로 갈아입고 7층 스위트룸으로 올라갔다. 오늘은 야가미 씨와 짝을 이뤄 일한다.

문을 열고, 먼저 두 군데에 설치된 환풍기를 '강'으로 맞추자 투박하고 메마른 회전음이 방 안 가득 울려 퍼지기 시작했다.

러브호텔의 환기와 상하수도 시설은 일반 가정이나 일반 호텔보다 훨씬 강력하게 만든다.

대학 테니스부의 OB모임 때였다. 몇십 년 만에 만난 건축학과 친구 녀석에게 들은 이야기다. 러브호텔에서는 하루에도 몇 번씩 샤워기나 욕조를 사용한다. 그런 만큼 문제도 생기기 쉽다. 손님이 체크아웃할 때마다 최대한 신속하게 청소와 환기를 끝내고 욕실 비품 등을 바꿔놓지 않으면 객실 가동률이 떨어진다. 손님들은 프런트 앞에서 대기하길 원치 않는다. 그런 까닭에 건물 내부의 배관은 굵고, 환기 속도도 빠르게 설치해둔다고 했다. 스푸트니크도 물론 예외는 아니다.

지자체의 풍기 문란 관련 규제 강화로 노후화되어도 개축할 수 없는 경우가 많다. 그래서 다시 짓지 않고 오래 사용해야 한다. 여하튼 생명선인 상하수도 설비는 튼튼하게 만들어야 한다.

그런 이야기를 흥미진진하게 들었다. 그때는 설마 자신이 그런 장소를 직장으로 삼게 될 줄은 꿈에도 몰랐다.

유리벽으로 둘러싸인 샤워실 바닥에 물이 몇 센티미터나

고여 있었다. 샤브샤브 냄비에 뜬 거품처럼 수면에는 피지막이 떠 있었다. 소지로는 고무장갑을 낀 손으로 배수구 뚜껑을 열고 손가락을 찔러 넣었다.

"이거였군."

혼잣말을 흘리며 손가락 끝에 닿는 물건을 끄집어냈다. 예상했던 대로 콘돔이 배수구 안쪽을 막고 있었다.

여기서 했다는 뜻이다.

그건 그렇다 처도 왜 배수구 뚜껑을 나중에 닫았을까.

이 특수한 건물에는 희한한 장소에 희한한 물건이 남아 있다. 그런 장소였다.

물, 술, 그 밖에 끈적거리는 몇몇 액체류, 유연성이 다른 다양한 종이류, 칫솔, 생리용품, 담배꽁초, 콘택트렌즈, 귀걸이나 반지, 허리띠, 눈가리개, 묶인 밧줄, 건전지, 음료수병, 고무줄, 속옷, 떨어진 속눈썹, 장난감이라 불리는 아이템들, 양말, 채소, 면도칼······.

상상이 되는 것, 도무지 상상이 안 되는 것, 정말이지 온갖 물건이 부조리한 장소에 버려지고 발견된다.

화장실 바닥에 떨어진 부러진 오이. 헤드보드 틈새에 낀 수갑. 옷장 옷걸이에 묶인 스타킹. 욕실까지 들고 온 구둣주걱.

방구석에 둥글게 뭉쳐진 대량의 테이프. 케첩 범벅이 된 베개. 막대기 모양으로 말린 신문지. 목욕탕까지 들여온 정체 모를 액체가 담긴 커피잔. 바닥에 떨어져 있는 장난감 물총. 다리가 천장을 향하도록 거꾸로 엎어놓은 티 테이블.

'혼돈된 시대를 표현했다'는 해설이 붙는 전위적인 모던아트 같은 광경. 그런 모든 것이 일상이다.

연인들은 놀라울 정도로 독창적이다.

불가사의한 것들을 가져온다. 방에 있는 온갖 물건을 최대한 활용하고 돌아간다. 같은 물건을 자기 방에서는 절대로 사용하지 않을 방법으로 사용한다.

마치 어른은 상상도 못하는 놀이 방법을 찾아낸 아이처럼 러브호텔에서는 어른들이 놀이 천재로 변한다.

자의로 선택한 일이긴 하지만, 막 시작했을 무렵에는 객실에 남겨진 생생한 흔적들을 견뎌내기 힘들었다.

고객으로 러브호텔을 이용해본 적이 없었던 그로서는 러브호텔을 이용한다는 것 자체가 왠지 꺼림칙한 일처럼 여겨졌다. 남의 섹스 흔적을 뒤처리하는 일이 비참하게 느껴졌다. 난생처음 타인이 사용한 콘돔을 만졌을 때는 토할 뻔했다. 역시 시작하지 말았어야 했다며 후회했다.

지금은 다르다.

발견했기 때문이다.

이곳을 찾는 손님들은 일상에서 벗어나 평소 살아가는 세계를 잊고 놀이에만 몰두한다. 버젓한 어른이 둥그런 쥐 귀를 달고 활짝 웃는 얼굴로 활보하는 유원지처럼, 이곳에서는 문자 그대로 실오라기 하나 걸치지 않은 알몸이 되는 것이다. 그 알몸으로 육체와 두뇌를 풀가동시켜서 마음 저 깊은 곳으로부터, 몸의 중심으로부터 우러나오는 기쁨을 주고받으려는 것이다.

물론 그런 장면을 본 적은 한 번도 없다.

그러나 그들이 남긴 흔적이 이따금 고삐 풀린 눈부신 시간의 타다 남은 불씨처럼 여겨질 때가 있었다.

이곳에서 시간을 보내는 두 사람이 남들의 축복을 받는지, 세상의 눈을 피하고 있는지, 아니면 멸시를 당하는지, 그것은 알 수가 없다.

바깥세상에서 두 사람이 어떤 관계로 보이든, 대부분의 커플은 이곳에 있는 동안 더없이 정열적이며, 어쩌면 성실하기까지 하고, 이루 말할 수 없이 자비롭다.

"701호 배수 점검, 오케이입니다. 15분 후면 완료됩니다."

인터콤으로 매니저에게 보고했다.

"알았어요. 지금 두 커플 대기하고 있으니, 준비 끝나면 알려주세요."

업무 파트너인 야가미 씨가 침대 정리를 끝내고, 욕실용품을 세팅하려고 탈의실 앞으로 왔다.

야가미 씨에게서는 늘 룸메이크 마무리로 쓰는 냄새 제거 스프레이 향이 풍긴다.

처음 일할 때는, 아무리 직장이지만 섹스 흔적이 노골적으로 남아 있는 러브호텔 객실에서 여성과 단둘만 있는 게 어색했는데, 선배인 야가미 씨는 익숙한지 전혀 개의치 않는 눈치였다.

야가미 씨는 마흔다섯 살이다.

그보다 열다섯 살이나 젊지만, 화장기가 없고 늘 유니클로 폴로셔츠 차림으로 일터에 온다.

휴식 시간에 "화장하면 상당히 미인일 텐데"라고 칭찬 삼아 얘기했더니, 살짝 싫은 내색을 하며 "남자는 이제 지겨워요"라고 받아쳐서 더는 대화를 이어나갈 수 없게 되고 말았다.

딱히 야가미 씨의 마음에 들고 싶었던 건 아니다. 그러나 살짝만 웃어도 굉장히 아름다운 사람이라, 가능하면 그 사람을 활짝 웃게 해주고 싶은 생각이 들곤 했다.

연애 감정은 없다. 무책임한 흥미 본위일 테지만, 그녀 나이면 아직 어떤 일이든 할 수 있을 텐데, 왜 하필 심야에 러브호텔에서 허드렛일을 하는지 안쓰러운 마음은 들었다.

자신도 그리 행복한 상태는 아니다.

개인사를 자비로 출판한다면, '전락의 인생'이라는 제목을 붙이고 싶을 정도다. 그런 사람이 어떻게 남을 안쓰럽게 여긴단 말인가.

그런 생각을 하며 청소를 마친 샤워실, 욕실 바닥과 욕조를 가볍게 걸레로 닦아내고, 빨리 건조시키기 위해 바닥에 세워둔 선풍기를 욕실 쪽으로 돌리기 시작했다.

그리고 마지막 마무리로 수도꼭지의 금속 부분, 그리고 욕실 거울과 샤워실 유리에 묻은 물방울을 인조 새미가죽으로 닦아내는 작업에 들어갔다.

바로 그때, 노랫소리가 들렸다.

무슨 멜로디일까 하며 일손을 멈추고 귀를 기울였지만, 들리는 건 선풍기 날개 소리뿐이었다.

헛것을 들었나.

"거기 끝나면, 전부 오케이예요."

야가미 씨가 클립보드 체크리스트에 적어 넣었다.

"701호, 청소 완료했습니다."

인터콤으로 보고한 후, 사용이 끝난 섀미가죽을 이동식 수레의 양동이에 던지고, 전원코드를 뽑은 선풍기를 들고 방에서 나왔다.

'수면 금지'.

'잠자는 분은 나가셔야 합니다'.

큼지막한 명조체 문자로 써 붙여둔 안내문도 무색하게 오늘도 아이다 카페를 홀로 찾은 손님 대부분은 고개를 떨어뜨리고 미동도 하지 않는다. 이따금 누군가의 코 고는 소리까지 들려온다.

소지로는 벽 쪽 자리에 짐을 내려놓고, 카운터에서 샌드위치와 커피를 받아왔다.

피곤하다. 시간은 새벽 3시 반이 지난 무렵이다. 일은 두 시간 반밖에 안 했지만, 오늘은 회전율이 좋아서 대기 시간이 거의 없었다.

첫차가 움직일 때까지 24시간 영업하는 이 가게에서 평소처럼 시간을 때워야 한다.

새벽 2시가 넘어 대부분의 손님이 체크인을 끝내면, 그 후로는 아침이 될 때까지 할일이 없다. 그래서 호텔은 인건비를 절약하기 위해 우리 같은 임시 고용직을 거리로 쫓아내는 것이다.

교통비는 일률적으로 하루에 1,000엔을 지급한다. 택시비는 안 나온다. 전철 첫차가 다닐 때까지 어디서든 시간을 때워야 한다.

계절이 좋을 때는 가끔 공원 같은 야외에서 시간을 보내기도 하지만, 대부분은 아침까지 영업하는 아이다 같은 가게를 이용한다.

토스트, 특제 카레, 특제 돈가스카레, 특제 달걀카레, 나폴리탄, 돈가스덮밥, 샌드위치, 콜라, 그리고 오렌지주스는 바야리스(과즙 음료 상표 - 옮긴이) 제품이다.

커피와 홍차도 나오니 카페임에는 틀림없지만, 메뉴만 보면 옛날 쇼와 시대에 생긴 드라이브인 식당이나 촌스러운 스키장 휴게소 수준이다.

카레에만 유독 '특제'라는 글자가 눈에 띄는데, 사실은 커다란 영업용 레토르트 포장지 라벨에 '특제 카레'라고 쓰여 있을 뿐이다.

이 가게의 어떤 점이 좋은지는 알 수 없다. 그러나 손님은 꽤 많다. 인테리어도 식기도 가게 이름도 무엇 하나 신통한 게 없다. 세련된 면이라곤 눈 씻고 찾아봐도 없는데, 오히려 그게 더 마음이 편해서일까. 첫차 시간까지 오래도록 머무는 손님이 많지만, 그 밖에도 쉴 새 없이 드나드는 손님들도 있다.

달걀샌드위치는 보기보다 맛이 괜찮다.

대각선 앞쪽에서는 스마트폰에 푹 빠진 유흥업소 아가씨 풍의 여성이 혼자 앉아 아이스커피를 마시고 있다. 반대편 벽에는 호스트 분위기가 풍기는 남자가 있는데, 아까부터 전화기만 손에 들고 뻔질나게 가게를 드나들었다.

학생으로 보이는 일행 셋 중 한 남성은 테이블에 엎드려 자고 있고, 깨어 있는 남녀는 상당히 친밀하게 대화를 한다. 자는 친구만 없었으면, 지금쯤 카페 같은 곳이 아니라 러브호텔에 있을 듯한 분위기. 어쩌면 다른 한 사람은 그걸 눈치채고 일부러 자는 척하는지도 모른다. 그들을 배려해서 '난 그만 갈게'라며 자리를 뜨지 않고, 오기로라도 그곳에서 버티는 것이다. 내게도 학창 시절에 그런 경험이 있다.

심야 시간의 아이다 카페는 밤에 가부키초에 머무는 인간들의 표본 상자다.

밤거리에서 일하는 온갖 직종의 사람들. 요리사, 포르노숍 직원, 호스트, 유흥업소 아가씨, 웨이터, 삐끼 등도 온다. 걸핏하면 막차를 놓치는 손님들도 이용한다. 아무런 특징도 없는 게 이 가게의 장점이기 때문에 관광객은 오지 않는다.

얘기를 나눠보면, 고령자는 대부분 건물 청소나 소지로처럼 러브호텔 등에서 허드렛일을 한다. 예순이 넘으면 직업소개소에서도 일자리가 줄어든다. 도로 공사의 안전요원 구인이 은근히 많은데, 체력이 받쳐주지 않으면 할 수가 없고, 길거리에서 하는 일은 만에 하나 누가 볼까 부끄러운 마음도 있다.

남의 눈에 띄지 않는 일 중에서 이 나이치고는 시급이 괜찮은 일자리를 찾다 보니 러브호텔이 눈에 들어왔다.

2년 전, 쉰여덟 살에 지금 일을 시작할 때까지 단 한 번도 러브호텔에 발을 들여놓은 적이 없었다. 평생 갈 일이 없을 줄 알았던 곳인데, 우연히 구인 광고가 눈에 띄어버렸고, 묘하게 흥미가 끌렸던 것이다.

고용해주는 곳만 있다면, 찬밥 더운밥 가릴 처지가 아니었다. 그러나 어쩔 수 없이 선택한다고 생각하면, 그런 자신이 너무나 초라하다. 그래서 새로운 일이면 뭐든 다 할 수 있다고 마음을 고쳐먹었다.

머뭇머뭇 전화를 걸자 이력서를 들고 면접을 보러 오라고
했다.

경력은 사칭했다.

낙오자로 보이고 싶지 않았고, 경력을 사실대로 적으면 오
히려 부리기 어렵다고 받아들여서 채용되지 않을지도 모른
다는 생각이 들어서였다. 친척이 경영하는 작은 건축사무소
이름을 빌려 그곳에서 사무 업무를 했다고 썼다.

채용되지 않더라도 사회 공부인 셈 치자고 스스로를 타이
르며, 채용 면접을 보기 위해 난생처음 러브호텔에 발을 들
여놓았다.

면접을 하러 나온 매니저는 고생해서 쓴 이력서에는 거의
눈길조차 주지 않은 채 웅모한 이쪽에서 거절할 가능성은 전
혀 염두에 두지 않은 말투로 1주일에 며칠, 하루에 몇 시간
일할 수 있느냐고 불쑥 물었다.

낮에는 정규 직원으로 다 채워져 있지만, 바쁜 저녁부터
밤시간을 대비해 임시 직원이 필요하다고 했다.

결국 화요일부터 일요일까지 주 6일간, 야간에 일하기로
했다. 기본적으로는 오후 7시 30분부터 오전 3시 30분까지

하루 여덟 시간 근무다. 오늘 같은 금요일은 늦게 출근하는 날이라 새벽 1시부터 새벽 3시 30분까지, 일요일은 평소보다 일찍 끝나서 11시 30분까지 일한다. 월요일은 휴일이다.

　깨끗한 일이라고 할 수는 없을지도 모른다. 그러나 사무실에서 일해도 변변한 급료는 못 받는다. 예전의 나와 비교해 버릴 게 뻔하다. 그보다는 오히려 몸을 쓰는 일이 새로운 체험이라 쉽게 결정을 내릴 수 있었다.

　얼마 전까지는 준準 대기업의 상사맨이었다.

　외국어 학과를 졸업해서 스페인어와 영어를 할 수 있었기에 석유와 광물자원 부서에 배정되어 중남미와 아프리카에 체류하며 원자재를 매입하는 업무를 맡았다.

　일은 재미있었지만, 가정을 꾸리진 못했다.

　거의 대부분 해외에서 살았다. 게다가 북미나 유럽이 아니었다. 결혼을 했어도 가족과 떨어져서 혼자만 나갔을 것이다. 학창 시절부터 사귀던 여성이 있었고, 취직하고 2년이 지나서 슬슬 결혼을 고려할 시기가 되었지만, 그즈음에 베네수엘라 부임이 결정났다. 거절당할까 두려워서 '같이 가자'는 말을 못했다.

주고받던 크리스마스카드가 3년째부터는 오지 않았고, 이 듬해 4월에 결혼 소식을 알려왔다.

외로웠지만, 마음의 짐을 내려놓은 듯한 기분도 들었다.

그걸로 말끔히 털어내고, 일에만 집중하며 살기로 했다. 회사에서는 가족이 있는 직원은 대략 3년이면 본사로 복귀하는 게 관례였지만, 결국 베네수엘라에 5년이나 있었다.

현지에서 다니엘라라는 여성과 연애도 했다.

그러나 그녀가 도저히 일본 생활에 익숙해질 것 같지 않았다. 단신 부임 같은 건 고민할 차원의 문제도 아니었다. 다른 나라는 어떨까 하는 생각을 막 떠올린 무렵에 일본으로 돌아오게 되었다. 그건 그것대로 눈물의 이별이었지만, 일본에는 고작 1년만 머물렀을 뿐이다. 다음 부임지는 아프리카의 나이지리아로 결정나서, 다니엘라와의 결혼은 역시 무리였다고 스스로도 받아들일 수 있었다.

언제부턴가 정처 없는 떠돌이로 살아가야겠다는 결심을 굳혔다.

새벽 4시가 넘은 아이다 카페는 거의 만석에 가까운 상태였다.

일이 끝나서 그저 잠시 한숨 돌리는 사람, 요컨대 택시로 귀가할 재력이 있거나 집이 가까운 사람은 사라지고, 아마도 지금 있는 사람들은 거의 대부분 첫차 시간까지 이 가게에서 떠날 생각이 없겠지.

덩치가 큰 아프리카 사람 두 명이 L사이즈 콜라를 손에 들고, 소지로 바로 뒤쪽 자리에 앉았다. 영어로 대화했지만, 미국 사람은 아닌 듯했다.

"조금만 지나면, 마코코에서 벗어날 수 있어."

들려오는 영어 대화 속에서 나온 지명이 귀에 익었다.

역시 나이지리아인이었군.

남자가 말한 마코코라는 곳은 나이지리아의 최대 도시인 라고스에 있는 슬럼가다.

직장에서 신임할 만한 보좌역을 맡아주었던 아멘야의 출신지다. 딱 한 번 그가 운전하는 자동차를 타고 마코코의 중심가를 통과한 적이 있다.

"시미즈 씨는 여기서는 차에서 못 내려요."

외부인이라는 걸 알면, 바로 약탈의 표적이 된다. 마코코에 사는 사람들은 최하층 빈민이기 때문에 외부인은 반드시 주민보다 부자로 간주되기 때문이라고 했다.

녹슨 골함석으로 지붕을 인 판잣집이 길을 따라 끝도 없이 이어져 있었다. 강렬한 햇빛에도 불구하고 거리의 색깔은 생기를 잃어 탁하고, 건물 윤곽은 모두 구릿빛으로 칠해져 있었다. 칙칙한 경치 속에서 사람들이 몸에 걸친 허름한 옷들의 색채만 유난히 선명했던 기억이 난다.

강렬한 햇빛에 반사된 빨강, 초록, 노랑.

'아, 이게 아프리카구나.'

차창 너머를 바라보며 소지로는 생각했다.

노란색 삼륜 택시가 손님을 기다리는 중심가에는 셀 수 없이 많은 빛바랜 파라솔이 늘어서 있고, 그 밑에서는 사람들이 장사를 하고 있었다. 약탈의 대상이 될 정도로 재고가 많은 상점은 그곳에 존재할 수 없다.

"이 지역에는 가난한 사람만 살 수 있어요."

조금이라도 넉넉해진 걸 알면, 얼마 안 되는 그 부가 표적이 되어 결과적으로 그곳에 사는 사람들의 재산은 평준화된다. 아이러니하게도 범죄가 부의 재분배 역할을 하는 것이다.

"그래서 돈을 손에 넣은 사람은 이곳을 떠나야만 하는 숙명에 놓이죠."

마코코에서 태어난 아멘야는 베드타운인 알라카 지구의 친척집에서 기숙하며 학교에 다녔고, 정부 장학금을 받는 시험에 합격해서 대학을 졸업했다. 고위층에도 인재가 있는 큰 부족의 가계인 덕분에 어쩌다 우연히 슬럼에서 발탁된 셈이다.

나이지리아에는 몇백 개의 부족이 있다. 부족 숫자만큼 언어가 존재해서 다른 부족과는 거의 말이 통하지 않는다. 부족을 초월해서 대화할 수 있는 사람은 사실상 공용어인 영어를 할 수 있는 인간으로 한정된다. 아멘야의 아내는 다른 부족장의 가문이라 그들 부부는 영어로 대화했다.

아멘야가 일본계 상사에서 일자리를 구했듯이, 영어가 가능하면 빈곤에서 벗어나 좋은 직장에 취직할 수 있다.

가부키초에서 호객 행위를 하는 나이지리아인끼리 모국어가 아니라 영어로 대화를 하는 데는 그런 사정이 있었다.

소지로는 자기도 모르게 나이지리아인들의 대화에 귀를 기울였다.

"마코코에서 벗어난다니, 이미 일본으로 빠져나왔는데."

"어머니가 거기 계셔."

"건강하시고?"

"몰라. 마코코에는 우체통이 없어."

그러고 보니 우체통을 설치해놓아도 우표를 노리고 우체

통을 통째로 훔쳐간다는 얘기를 들은 적이 있다.

"일본에 온 지는 몇 년 됐어?"

"4년. 어머니는 벌써 쉰다섯이야."

"그럼 장수하시는 거네."

"일본에서 일해서 라고스의 조금 나은 곳에 집을 마련할 정도는 벌었어. 마코코에 있는 어머니를 편히 모시고 싶어."

"좋은 얘기야."

길거리 취객을 속여서 바가지를 씌우는 술집으로 밀어넣고, 가게에서 수수료를 받는 남자의 숨겨진 감동 사연이란 말인가.

소지로의 마음은 복잡했다.

호객 수수료는 15~20퍼센트라고 들었다. 그렇다면 가게에서 손님에게 20만 엔을 바가지 씌우면, 손님을 끌어온 삐끼에게 주어지는 돈은 3만 엔이나 4만 엔이다. 혼자만 살아간다면, 한 달에 손님을 열 명만 낚으면 충분하다는 뜻이다. 실제로 그들이 손님을 데리고 어느 가게로 가는 장면은 거의 마주친 적이 없다.

요즘은 얼마쯤 있으면 라고스에서 집을 살 수 있을까.

예전에 살던 나라의 인플레이션에 흥미를 잃은 지 어느새 꽤 오랜 세월이 흘렀다.

"그런데 문제가 있어."

잠시 침묵이 흘렀다.

"나오코랑 헤어져야 해. 데려갈 순 없어."

"흐음, 그건 그렇지."

"그 애는 날 미국인이라고 믿고 있어. 클럽에서 만났을 때, 어디서 왔냐고 물어서 할렘 출신이라고 했거든. 그런데 나오코는 뉴욕의 할렘으로 오해한 거지. 슬럼가라고 말할 의도였는데 말이야. 하룻밤 불장난하는 기분이라 그때는 굳이 부정하진 않았지."

"이런 거짓말쟁이. 그 얘기는 벌써 세 번째야."

친구가 도타운 사랑이 가득한 목소리로 핀잔을 주었다.

"설마 이렇게까지 서로 사랑하게 될 줄은 꿈에도 몰랐으니까."

눈물 어린 목소리로 말끝을 흐렸지만, 차마 돌아볼 수는 없었다.

그들의 대화는 그쯤에서 끊기고, 한동안 침묵이 이어졌다.

상사에서 근무하는 동안, 일본에 돌아와서 몇 년쯤 지내기도 했지만, 오히려 그게 더 임시 생활 같은 기분이 들어서 결혼을 고려할 만한 교제도 하지 않았다. 물론 집을 살 마음도 없었다.

부임지에 임시로 근무한다는 마음이 사라져서일까, 업무 성과도 향상되어서 본사에서는 점점 더 신뢰하며 중요한 직책에 앉혀주었다.

사생활을 희생하고 회사만을 위해 일하는 것처럼 보였을 것이다. 사실 그랬는지도 모른다. 사축社畜이다. 스스로도 그렇게 생각한다. 직원으로서는 순조롭게 경력을 쌓아온 셈이다.

쉰 살을 앞두고, 칠레에서 지사장이 되어 수도인 산티아고에 저택을 빌렸다.

이제 와 돌이켜보면, 그때가 인생 최고의 절정기였다.

임기를 마치고 일본으로 돌아왔을 때는 위로도 아래로도 인맥이 약한 '외부인'이 되어 있었다.

아마도 회사 내부의 어떤 역학이 작용했을 거라고 본다.

그때까지 전문으로 맡아온 광물자원 수입이라는 업무에서 난데없이 해산물 수입을 담당하는 수산부로 이동하게 되었다.

생선 이름도 제대로 모르는 내가 회전초밥 체인점에 납품

하는 식재료를 담당하라는 명령을 받은 것이다.

평사원이었으면 선배에게 매달려서 공부할 시간적 여유가 있었을 것이다. 새로운 부서에서 나는 임원 직책으로 넘버투였다. 한가로운 소리나 할 입장은 아니었다. 조금이라도 빨리 '프로'가 되고 싶어서 부하 직원들에게 고개를 숙여가며 가르침을 구걸했다.

그런 시기에 벌어진 일이다.

이나가키라는 부장이 갑자기 건강이 나빠져서 고향인 에히메의 병원에 입원하게 되는 바람에 출근을 못하게 되었다.

태국에 있는 첫 거래처에서 이제 곧 블랙타이거 새우의 최초 로트가 선박에 선적될 예정이었다. 거래 상대는 태국어가 가능한 이나가키 부장이 직접 교섭하여 계약한 회사라 부하 직원들 중 누구도 서류 이외의 교류를 해본 적이 없었다.

계약과 발주 관련 정식 서류는 영어였지만, 아무래도 상세한 사항들은 부장이 태국어로 직접 논의한 듯했다.

첫 거래처이기 때문에 현지에서 반드시 검품 과정을 거쳐야 하는데, 담당자가 없는 상태였다.

입원 중인 부장과는 이메일로 연락이 닿지만, 시코쿠의 에히메는 너무 멀어서 만나러 갈 수도 없는 노릇이었다. 담당자의 이름만 확인해서 그쪽 거래처에 출하 전 검품 일시를 전했다.

"그날, 뵙기를 고대하겠습니다."

틀에 박힌 답장이 오고, 일시가 확정되었다.

거래에 익숙한 사람을 데려가고 싶었지만, 갓 들어온 나 말고는 일손이 비는 직원이 없었다.

연줄에 기대어 쓰키지 시장 업자에게 냉동 새우의 품질을 판별하는 방법을 배웠다. 물론 부하 직원들에게도 요점과 관련된 가르침을 청했다.

불안한 마음을 안고 나리타에서 방콕으로 향하는 비행기에 탑승했다.

아픈 부장을 대신해서 이번 일을 말끔하게 처리해내면, 이쪽 분야에서도 당당히 가슴을 펼 수 있다. 그런 속내도 있었다.

ANA 항공기가 예정 시간에 맞춰 스완나품 공항에 도착하자 이메일을 주고받았던 톰이라는 상대가 마중을 나와 있다. 태국인의 이름은 너무 길어서 자기가 붙인 비즈니스 네임을 쓰는 경우도 많다. 톰은 전형적인 태국인 이미지를 가진, 붙임성 좋고 선량해 보이는 남자였다.

"지금 바로 호텔로 모시겠습니다. 레스토랑은 7시로 예약했으니, 30분 전에 모시러 가겠습니다. 그때까지 방에서 편하게 쉬십시오."

남자는 운전을 하면서 더듬거리는 영어로, 그런 의미의 말을 긴 시간을 들여 전했다.

"7시까지는 아직 세 시간이나 남아 있으니, 체크인하기 전에 귀사의 사무실에 가서 사장님을 뵙고 싶은데요."

이메일로도 같은 내용을 분명히 전했다.

가능한 한 천천히, 쉬운 표현을 쓰려고 주의하며 말했다. 이쪽은 태국어를 전혀 못한다. 어떻게든 영어로 커뮤니케이션을 할 수밖에 없었다.

"괜찮습니다. 걱정 마세요. 호텔에서 싱하 맥주 마시면서 기다려주세요."

이쪽은 어떤 회사인지 확인해두고 싶었다.

"맥주는 식사할 때 마시겠습니다. 댁의 회사로 데려가주시죠."

"네. 괜찮습니다. 걱정할 거 없어요."

"귀사와는 이번이 첫 거래라 사장님을 꼭 뵈어야 하는데."

"그런 건 신경 쓰지 마세요."

이쪽은 신경이 쓰인다. 그래서 일부러 태국까지 온 것이다. 그러나 회사 신용조사니까 사무실을 보여달라고 노골적으로 말하긴 어려웠다.

"도착했어요. 그럼 6시 30분에 로비에서."

의지할 데라곤 없는 채로 공항에서 한 시간 남짓 만에 방콕 중심부에 있는 호텔에 도착했다.

중급 호텔이지만 스트레스 없이 영어가 통하는 상황만으로도 천국 같았다.

일하면서 언어의 장벽을 느낀 건 처음이었다.

영어든 스페인어든 별다른 불편 없이 의사소통이 가능했다. 내 얘기로 상대를 끌어들이는 기술도 있었다.

태국에 도착하고 잠시 후, 공항에서 한 발짝을 벗어나자마자 눈에 들어오는 모든 간판을 하나도 읽을 수가 없었다.

가령 라디오에서 미사일이 날아온다고 외쳐도, 차오프라야 강이 범람할 것 같다며 방재 스피커로 경고 안내를 해도 나는 알 수가 없다. 그런 사실이 불안감을 더욱더 부채질했다.

번화한 도시 한가운데에서 인간은 쉽게 고독해진다.

7번 고속도로 선상에는 그나마 간신히 영어 표기도 있었지만, 일반도로로 내려오면 태국어 일색인 세상으로 바뀐다. 상점 표시, 벽보, 길 가는 사람들이 당연하게 이해하는 정보를 나는 전혀 모른다. 난생처음 나이지리아 북부의 사막에 섰을 때보다도 도시에 있으면서 문자라는 걸 알면서도 읽는 방법조차 몰랐던 그때가 훨씬 더 고독했다.

　약속 시간에 맞춰서 톰이 호텔로 데리러 왔다.

　그가 예약해둔 곳은 차오프라야 강이 바라다보이는 고급 레스토랑이었다.

　식당 이름은 기억나지 않는다.

　그때 여행은 모두 톰이 세팅한 시간과 장소에 자동차로 실려갔다. 글자를 못 읽는 탓에 마치 유괴당해 눈가리개를 쓰고 끌려다니는 것처럼, 어디를 어떻게 지나가는지 전혀 알 수가 없었다. 기분 나쁜 여행이었다.

　식사를 하면서 톰은 자기들이 얼마나 크게 사업을 하는지 다양한 형태로 계속 강조했다. 마치 준비해온 문장을 외우듯이 풍부한 어휘로 그런 내용을 늘어놓았지만, 잡담으로 바뀌면 톰과는 대화가 거의 통하지 않았다.

　검사 전에 회사를 방문해서 사장을 만나고 싶다는 뜻을 거듭 요청해보았지만, 그때마다 톰은 '괜찮다', '신경 쓰지 마라'는 말만 되풀이했다.

마지막에 호텔까지 데려다주었을 때는 여행의 피로에 취기까지 보태져서 톰과 얘기하기조차 귀찮았다.

일단 선적할 냉동 새우의 품질만 확실하게 점검하면 된다.

그렇게 생각하며, 피곤한 몸으로 침대로 파고들었다.

"시미즈 차장님!"

수산부의 직원 한 명이 하얗게 질린 얼굴로 소지로를 찾아왔다.

"태국 블랙타이거 말인데, 히노모토 식품에서 도무지 쓸만한 물건이 아니라며 전량 반품시켰습니다."

"뭐라고?"

히노모토 식품은 전국적으로 회전초밥 체인점을 운영하는 회사다.

당장 부하 직원과 함께 냉동창고로 달려갔다.

방한 외투를 입고 안으로 들어선 순간, 눈앞에 펼쳐진 광경에 핏기가 가셨다.

출하하는 램차방 항의 창고에서 자신이 보았던 새우와는 비슷하지도 않은 물건이 늘어서 있었기 때문이다.

애당초 포장 상자부터가 달랐다. 게다가 매우 난폭하게 취급했는지, 꽤 많은 상자의 모서리가 찌그러져 있었다. 안을 열어보니 거의 녹았던 새우를 다시 냉동시킨 흔적이 역력히 드러났다. 상당한 시간 동안 냉동창고 밖에 방치되었던 물건임을 알 수 있었다.

태국 회사로 전화를 걸어도 신호음만 계속 울릴 뿐, 아무도 받지 않았다.

에히메의 병원에 있어야 할 이나가키 부장과도 연락이 닿지 않았다. 그뿐인가, 병을 이유로 서류상으로 사직서를 제출한 상태였다.

따지고 보면, 신규 거래처를 개척한다는 명목으로 태국어가 뛰어난 그가 혼자 결정한 안건이었다. 신규 거래처에 대한 첫 발주인데도 발주량이 이상하게 많았다. 아무리 신규라고 해도 담당 직원을 한 명도 안 붙인 점도 부자연스럽다.

함정에 빠졌다. 절망적이었다.

내가 갔던 냉동창고에서 보았던 물건은 무엇이었나. 검사한 장소는 어디였을까. 그보다 그 창고는 정말로 램차방 항이었을까. 이제는 그것조차도 자신할 수가 없었다. 그 녀석의 차가 어디를 달려갔는지, 지명이고 뭐고 하나도 모른다. 전혀 다른 장소에서 다른 물건을 보여주었는데도 서명해버린 걸까.

익숙하지 않은 첫 업무라 물건을 보고 품질을 확인하는 데만 의식이 집중되었다. 검사 대상이 출하품과 동일한지 아닌지 하는 염려는 안중에도 없었다.

냉동창고의 출고 전표를 내 손으로 쓰고, 폐기 업자에게 보내는 발주 전표까지 써서 내 손으로 직접 서명했다. 굴욕적이었다. 지금까지 내가 쌓아온 회사에서의 성공이 물거품이 되는 듯한 기분이었다.

어느새 내가 수산부의 책임자가 되어 있었다.

단서는 없었다.

유일하게 톰과 같이 찍은 사진은 식사할 때 종업원이 찍어주었는데, '나중에 이메일로 보내드리겠습니다'라는 말뿐이었고, 그걸로 끝이었다.

반년 후, 회사를 그만두기로 결심했다.

4,000만 엔의 손해쯤은 상사에서 흔히 일어난다. 실패를 이유로 누가 그만두라고 강요한 것도 아니다.

상사가 적성에 맞았다. 그곳에서 확실하게 실적을 쌓아왔다. 광물자원 조달 업무에는 자신이 있었다.

그런 만큼 새로운 업무에서의 실패를 스스로가 받아들일

수 없었다. 무엇보다 기력이 완전히 꺾여버려서 아침에 일어날 수가 없었다. 잠은 깬다. 그런데 일어날 수가 없었다. 회사에 쉬겠다는 전화를 거는 것도 점심시간이 지나서야 했다. 스스로 어떤 동작을 할 의욕이 솟아나질 않았다. 마음의 병이라는 생각이 들었다. 머리로는 그렇게 생각하면서도 의사를 찾아가는 동작조차 할 수가 없었다.

우수한 직장인이라고 자부하며 살아왔다. 그런데 별안간 나태한 나, 사회인으로서는 실격이라고 할 수밖에 없는 나와 마주해야 했다.

무능한 자신을 용서하지 못하다니, 어른스럽지 않을지도 모른다. 그러나 도저히 마음을 추스를 수가 없었다.

아이다 카페에서 첫차를 기다리다 보면, 자기도 모르게 이런저런 생각에 잠기곤 한다. 그러나 그건 다 옛날 생각들뿐이다.

인생의 절정기가 지나가버린 것이다.

소지로는 한숨을 내쉬었다.

이제 와서야 이따금 결혼했으면 좋았겠다 후회될 때가 있다. 상사에 근무할 때는 연애는 해도 결혼 생각은 별로 없었다. 적어도 결혼하기 위해 상대를 찾은 적은 없다.

이미 늦었다. 예순이 넘고 돈도 없는 남자와 결혼하고 싶어 할 여자가 있을 리 없다.

물잔을 채우려고 자리에서 일어섰다.

카운터 옆에 있는 정리대에서 물을 채우는 동안 실내를 둘러보자 뒷자리에 있던 나이지리아인들 중 한 명이 고개를 푹 숙이고 있었다. 덩치가 큰 남자였는데, 조금 작아 보였다.

물을 채우고 자리로 막 돌아가려는 순간, 자동문이 열렸다.

재빨리 나이지리아인들 중 다른 한 명이 들어오는 젊은 여자를 주시하더니, 사람을 잘못 보았다는 듯이 바로 얼굴을 돌렸다.

20대 중반쯤 되었을까. 이 가게가 처음인 듯했다. 여성은 등에 기타를 메고 불안해 보이는 얼굴로 입구에 서 있었지만, 바로 안심한 표정으로 바뀌어서 빈자리를 찾아 어깨에서 기타를 내려놓았다. 신주쿠에는 라이브하우스가 몇 군데 있다.

소지로가 그녀 옆을 지나 자기 자리로 돌아왔을 때, 또다시 슬라이딩도어가 열렸다.

이번에도 역시 젊은 여자였다.

멈춰 서서 가게 안을 둘러보다가 큰 소리로 외쳤다.

"토미! 이 거짓말쟁이 자식!"

영어로 소리친 그녀에게 가게의 모든 시선이 집중되었다.

가지런하게 다듬은 갈색 보브커트. 검은색 민소매에 검은색 초커. 스키니 팬츠가 잘 어울렸다.

"나오코."

마코코의 나이지리아인이 자리에서 일어났다.

"네가 여길 어떻게 왔어?"

굳은 의지가 깃든 힘찬 발걸음으로 여자가 남자를 향해 걸어왔다.

술렁거리던 가게 안의 소리가 방음문을 닫아버린 것처럼 사라져갔다.

"옆에 앉아 있는 네 친구가 여기 있다고 알려줬지."

남자는 옆을 힐끗 쳐다보았을 뿐, 다가오는 여자를 뚫어져라 바라보았다.

"거짓말쟁이 자식."

남자 앞에 선 여자는 출입문에서 소리쳤던 그 말을 이번에는 나지막하게 입에 담았다.

남자는 아직도 넋을 잃고 여자만 빤히 쳐다보았다.

"이 거짓말쟁이 자식."

이번에는 갈라진 듯한 목소리였다.

남자는 여전히 입을 다물고 있었다.

"왜 미국 사람이라고 거짓말을 해? 뉴욕 할렘에서 태어났다며? 왜 1년이나 사귀면서도 그게 아니라고 털어놓질 않았느냔 말이야. 뉴욕에는, 할렘에는 한 번도 못 가봤으면서 왜 아폴로 극장(뉴욕 시 맨해튼 근교에 자리한 아프리카계 미국인 공연자들을 위한 공연장 - 옮긴이) 티셔츠를 입고 다녔냐고! 웨스트 125번가를 닥터 마틴 루터 킹 주니어 블루버드라고 부른다느니, 갭GAP이랑 바나나리퍼블릭이 서로 마주 보고 있다느니, 그런 건 아무 상관없잖아. 왜 굳이 그런 시시한 말을 나한테 한 거야? 언제 같이 할렘에 가서 아폴로 극장 옆에 있는 레드랍스타에서 밥 먹자는 말을 왜 하느냔 말이야! 내 컴퓨터로 구글 지도를 같이 보면서 모퉁이를 몇 번이나 돌아서 쭉 가면, 웨스트 137번가인 이 아파트 2층이 내가 태어난 집이네 어쩌네……. 그건 뭐야? 왜 굳이 그런 거짓말을 해? 난 훨씬 전부터 알았어. 네가 나이지리아인인 걸 오래전부터 알았다고. 라고스에 레드랍스타가 있는지 없는지도 조사해봤단 말이야. 넌 언젠가는 네 나라로 돌아가겠지. 그 나라가 미합중국이 아니라 나이지리아연방공화국이란 걸 난 이미 알고 있었어. 그래서 알아봤지. 너희 나라를. 내가 너희 나라에서 살 수 있을지 없을지. 이주할 결심을 할 수 있을지 없을지. 토미, 만약 네가 어느 날 '내 고향은 나이지리아야, 나오코랑 같이 그곳으로 돌아가고 싶어. 함께 가줘'라고 말했을 때, '나도 같이 갈래'라고 말할 수 있을지 없을지. 열심히 고민했단 말이야. 헤아릴 수도 없이 엄청나게 많이 고민했다고! 그런데…… 그런데 결정을 내릴 수가 없었어. 결정할 수가 없잖아! 그건 네가, 이 거짓말쟁이 뻑큐 자식이 아폴로 극장 티셔츠나 입고 다니면서 '난 뉴욕 출신'이라는 듯이 언제까지고 버티고 있으니, 내 결심이 설 리가 없잖아! 어떡할 거야. 넌 대체 어떡하고 싶은 거냐고? 웨스트 137번가에는 너희 집이 없어."

찬물을 끼얹은 듯이 고요했던 가게의 공기가 서서히 부드러워지기 시작했다.

시선을 돌리자 큰 남자의 가슴에 얼굴을 파묻고 나지막이 흐느끼는 여성은 너무나 작아 보였다.

전철 첫차가 움직이기 시작할 시간이 되었다.

여기저기에서 사람들이 종이 냅킨을 뭉치고, 얼음이 녹아 연해진 냉커피잔을 쟁반에 올리고, 가게에서 나갈 준비를 시작했다.

소지로가 입을 열었다.

"나도 마코코에 가본 적이 있어."

옆자리에서 갑자기 영어로 말을 건네자 남자가 놀라서 얼굴을 들었다.

"나도 마코코 출신인 친구가 있지. 지금 그 사람은 버젓한 직장을 구하고, 알라카 지구에 집을 얻어서 행복하게 살아."

남자가 무슨 말을 꺼내기도 전에 소지로는 자리에서 일어나 쟁반을 반납하고 가게에서 나왔다.

밖은 어렴풋이 훤해졌다.

그 나이지리아인에게 왜 불쑥 아멘야 얘기를 했는지, 스스로도 이해할 수가 없었다. 다만 무슨 얘기든 하고 싶었을 뿐이다.

야스쿠니 거리를 건너는 신호가 빨간색으로 바뀌자 인도에 순식간에 사람들이 모여들었다. 어딘가에서 저마다 첫차를 기다리던 사람들이 곳곳에서 뿜어져 나와, 신이 있는 장소로 향하는 순례처럼 일제히 역으로 가는 시간이었다.

신주쿠는 막차와 첫차 하루 두 번, 역으로 가는 사람으로 넘쳐난다. 특히 첫차가 출발하기 전에는 그 순도純度가 높다.

무리를 지은 동료들도 입이 무겁다. 과음이나 수면부족, 대부분의 경우는 양쪽을 다 끌어안고 한시라도 빨리 포근한 침대로 파고들려는 사람들이다.

다섯 시간쯤 전에 소지로는 사람들의 흐름을 거스르며 반대 방향으로 걸어갔다. 그러나 지금은 소지로도 그 물결 속에 있다.

휘황찬란했던 거리는 이제 완전히 숨을 죽였다.

이미 꺼진 가로등 밑에는 수거차를 기다리는 쓰레기봉투가 수북이 쌓여 있었다. 까마귀가 인도로 내려와 그중 하나를 쪼아댔다.

셔터가 닫힌 지하로 통하는 계단에는 맥주와 추하이(소주에 약간의 탄산과 과즙을 넣은 일본의 주류 음료 - 옮긴이) 캔 두 개가 사이좋게 나란히 놓여 있었다. 그 캔을 딴 사람은 남녀 커플이었을까, 남자들이었을까. 지금쯤 어디에서 뭘 하고 있을까.

어디선가 쓰레기차의 음악 소리가 들려왔다.

거기에 겹쳐져서 노랫소리 같은 흥얼거림이 들려왔다.

'노래'는 띄엄띄엄 들리긴 했지만, 어디선가 들은 적이 있었다.

야가미 씨?

어쩌면 701호를 청소할 때 들었던 그 노래다. 그때와 마찬가지로 띄엄띄엄 끊겼고, 그리고 지금은 몇 번이나 다시 들려왔다.

멈춰 서서 귀를 기울이자 그 목소리가 점점 더 가까워졌다. 뒤를 돌아보았지만, 그녀처럼 보이는 사람은 없었다.

바로 그때, 옆길에서 사람 그림자가 나타났다.

역시 야가미 씨였다. 이쪽을 알아채지 못하고, 멈춰 서 있는 나를 앞질러갔다. 왠지 즐거워 보였다.

"사랑…… 남자…… 추…… 억으로."

무의식중에 노래가 입 밖으로 흘러나왔다. 틀림없이 그 노래다. 숨을 들이마시는 타이밍에 노래는 끊겼다. 마음속에서는 그 노래가 이어지지만, 이쪽에는 들리지 않는다. 다시 숨을 토해낼 때가 되자 그다음 가사가 들려왔다.

"……했던 ……들을 ……추억 ……으로."

아는 노래다. 분명 들은 적이 있다.

소지로의 머릿속에서 퍼즐이 맞춰졌다.

야쿠시마루 히로코. 세일러복과 기관총.

후렴구 부분만 몇 번이나 반복해서 부르는 것이다.

장난기가 발동했다.

"안녕하세요?"

뒤에서 다가가 양쪽 어깨에 손을 올렸다.

"어머머."

나지막이 비명을 질렀다.

"시미즈 씨!"

"안녕하세요?"

"안녕 못해요. 아 정말, 깜짝 놀랐잖아요."

"노래까지 부르고, 기분이 아주 좋아 보이네."

"네? 제가요? 노래를 불렀어요?"

"불렀죠. 야쿠시마루 히로코."

"어머, 그래요? 그랬구나, 내가 노래를 했구나. 어머나."

"어머나는 무슨, 자기가 불러놓고."

"그랬구나."

"호텔에서도 노래했어요, 아주 잠깐뿐이었지만. 무슨 좋은 일이 있나 봐요."

"네. 아주 좋은 일이에요. 으음, 오늘 저녁에⋯⋯ 아들을 만나요."

야가미 씨의 얼굴이 순식간에 환해졌다.

"같이 사는 게 아니었네."

"애가 날 버리고 독립해버렸어요. 고등학교 졸업했을 때 집을 나가버렸거든요."

물어서는 안 될 말이었나 싶어 후회되었다. 그런데 야가미 씨는 웃고 있었다.

그렇다. 야가미 씨가 웃었다. 웃는 얼굴이 아름다운 야가미 씨가 웃고 있었다.

"이렇게 얘기하다 전철 놓치는 거 아닌가?"

"전혀 문제없어요. 막차랑 달라서 첫차는 다음 차가 또 오니까."

그건 그렇다.

"야가미 씨, 아침 같이 먹을래요?"

살짝 용기를 내보았다.

"그러죠, 뭐. 오늘은 왠지 이래저래 좋은 날이네."

이래저래 좋은 날이라는 말이 기분 좋게 들렸다.

야스쿠니 거리를 건너버리면, 역 방면으로는 문을 연 가게가 더 이상 없다. 가부키초 쪽에는 패밀리 레스토랑이 있다.

또다시 역을 등지고 전철을 타러 가는 사람들 물결을 거슬러 가게 되었다.

맞은편에서 오는 사람들은 하나같이 피곤에 지친 얼굴이었지만, 그 물결을 역행하는 두 사람은 활기가 넘쳐났다.

시각은 오전 5시, 밤에 일한 사람에게는 지금부터가 애프터 파이브인 것이다.

두 시간 전에 러브호텔에 있었던 남녀가 함께 아침식사를 하는 아침이다.

빨간 신호에 걸려 기다리며 심호흡을 하자 아침 공기가 가슴 가득 흘러들었다.

그 공기에는 아주 살짝 냄새 제거 스프레이 향이 섞여 있었다.

· 제2화 ·

스탠 바이 미

공원 벤치에서 땅이 꺼져라 깊은 한숨을 몇 번이나 몰아쉬었을 때였다.

"왜 이래."

빈 캔이 나뒹구는 소리가 들리고, 곧이어 귀로 날아든 것은 힘없는 남자 목소리였다.

광장 바로 맞은편, 화장실 근처에 사람들이 모여 있었다.

"으윽, 냄새!"

"가까이 가고 싶지 않지만, 오늘만 특별히 상대해주는 거야. 고맙게 생각해."

"너 같은 게 있으면, 마을이 오염된다고!"

"당장 나가, 여기서."

입에 배지 않은 부자연스러운 말투, 어리다. 중학생, 기껏해야 고등학생이겠지. 만화 속의 말풍선 같은 말들을 내뱉으며, 바닥에 웅크리고 있는 남자에게 셋이 번갈아가며 발길질을 해댔다.

노숙자 폭력인가. 도와줘야 할 텐데.

싸움에는 조금 자신이 있었다. 발길질하는 세 사람의 품새로 보아하니 어떤 무술도 배우지 않았고, 운동으로 단련된 동작도 느껴지지 않았다. 다섯 명이면 몰라도 세 명이면 지지는 않는다. 진지하게 음악을 하기로 결정했을 때, 손가락보호 차원에서 가라테를 그만두었다. 하지만 여전히 현을 누르는 손끝에 박인 굳은살보다 바깥쪽 관절이 더 단단하다.

그런데 오늘은 이쪽에 약점이 있다.

기타를 갖고 있다. 혹시 상대가 기타를 노리면…….

저 녀석들, 잠깐 기분만 풀면 금방 돌아가겠지. 그럴 가능성도 높다.

그러나 괴롭힘은 경쟁하듯 점점 더 악화되는 경우도 있다.

주동자 격이 있고, 그 녀석은 주동자다운 모습을 보이려 애쓴다. 나머지 두 사람은 주동자에게 평가받으려 하거나 혹은 충성심을 드러내려 한다. 집단으로 폭력을 휘두르는 인간들은 하나같이 마음이 약하다. 가까운 누군가에게 인정받고 싶은 욕구가 있다. 나약한 인간이기 때문에 더더욱 자신을 강한 인간으로 보이고 싶어 한다. 내가 중학생 때 가라테 도장에 다니기 시작한 이유도 나약한 자신이 싫었기 때문이다.

상황을 잠시 살펴보자. 저런 발길질이면 심각한 부상은 안 당하겠지.

몸에 난 상처는 시간이 지나면 낫는다. 그러나 기타는 자연치유가 되지 않는다. 만에 하나 기타가 망가지는 사태가 발생한다면, 도쿄까지 올라온 의미가 사라져버린다.

"넌 차라리 죽는 게 나아."

높고 날카로운 목소리가 울려 퍼지며 건물 계곡 틈새로 뻐끔히 뚫린 공간으로 빨려들었다.

쏜살같이 달려갔다.

"야, 니들! 그만해."

짧은 말을 내뱉었을 때는 이미 그들 무리와 매우 가까운 거리까지 와 있었다.

"뭐야, 넌?"

상대의 짤막한 대꾸는 채 말끝을 맺기도 전에 순식간에 위축되었다. 아마 고등학생이겠지. 만화에 나오는 우등생 오야마다와 비슷했다. 나머지 두 사람도 연약해 보였다.

"뭐야, 여자네."

"주제넘게 까불지 마."

때리며 달려든 순간, 손날안막기 기술로 막아냈다. 상대는 자기 힘에 휘청거리며 눈 깜짝할 새에 바닥에 나뒹굴었다.

옆에서 보고 있던 두 사람은 맥이 빠진 채로 멍하니 서 있었다. 아마도 갑자기 바닥으로 푹 꺼진 친구에게 무슨 일이 벌어진 건지 이해하지 못했겠지.

내가 후굴서기 자세로 벌렸던 다리를 다시 오므리는 사이, 두 사람은 등을 보이며 쏜살같이 도망치기 시작했다. 바닥에 넘어졌던 한 명은 오른팔을 짓누르며 그 뒤를 따라갔다.

그들의 발소리가 사라지자 공원은 바로 다시 조용한 장소가 되었다.

"누님, 세네."

지면에서 소리가 들렸다. 발길질을 당했던 남자가 꾸물꾸물 일어나서 바지에 묻은 흙먼지를 떨어냈다. 떨어낸 먼지보다 옷에 찌든 때가 몇 배는 더 심할 것 같았다.

"도와줘서 고마워."

가까이 다가오자 냄새가 났다. 분명 지독한 냄새였다. 발길질하고 싶은 충동까지는 안 들지만, 가능하다면 그곳에서 도망치고 싶었다.

"저 녀석들, 나름 적당히 힘 조절은 했어. 진심은 아니야."

"그걸 아시네요."

"진심으로 걷어차인 적도 있으니까."

과연.

"상처는 괜찮아요?"

말로만 위로했다. 더 이상 거리를 좁히고 싶지 않아서다. 무의식중에 바람 방향을 살피고 있었다.

"저 애들, 시험공부나 뭣 때문에 스트레스가 쌓였겠지."

"아저씨는 집단 폭력을 당했으면서도 왜 그렇게 다정해요? 말이 안 되잖아요."

"나, 냄새가 심한가?"

"아, 으음, 조금 나긴 해요."

사실은 조금 정도가 아니었다. 강렬한 냄새가 풍겼다.

"하긴, 그럴 거야. 역시 손으로 때리고 싶진 않겠지. 그래서 처음부터 끝까지 발길질만 했을까. 아하하하하."

웃는 입은 수염으로 덮여 있었다.

"나 말이야, 너무 더러워서 대중목욕탕도 못 가게 됐거든."

"무슨 말이에요, 그게?"

"남들한테 피해되니까."

"물론 그렇긴 하겠지만. ……앗, 죄송해요."

"아냐, 괜찮아. 맞는 말이니까. 저쪽 화장실에 수도가 있어
서 머리라도 좀 감을까 하고 왔는데, 무리 지어 있던 그 녀석
들의 표적이 된 거지."

"갈아입을 옷은?"

"나흘쯤 전이었나. 밤에 말리려고 널어놨더니 누가 가져
가버렸어."

"너무해."

"단 한 벌뿐인 소중한 옷인데, 완전 쓰레기 취급이지. 대중
목욕탕에 갈 때만 입는 제일 깨끗한 옷이었는데. 그 옷이 없
으면 목욕탕에는 못 들어가. 대중목욕탕에 갈 때는 거기 갈
만큼 깨끗하지 않으면 안 되거든. 일단은 수건에 비누를 살
짝만 묻히지. 그리고 저 수돗물에 수건을 적시고, 그걸 짜서
몸을 닦아내. 비누가 좀 남더라도 바로 목욕탕에 가니까 별
상관은 없어. 그러면 몸 상태는 좀 나아지지."

정말 그 정도만으로 나아질지 어떨지 짐작할 수 없을 정도

로 더럽다. 아마도.

"문제는 옷이야. 심하게 더러워진 옷은 빨아도 냄새가 안 빠지거든. 빨아도 마르는 동안 썩는 건가? 걸레 냄새가 나. 악취에 익숙해진 내 코에도 냄새가 날 정도니, 그 상태로는 도저히 대중목욕탕에 못 가지."

그건 알 것 같은 기분이 들었다.

"그래서 제일 깨끗한 옷을 대중목욕탕 전용으로 고이 간직해뒀던 거야. 나도 알아. 이렇게 냄새 나는 놈이 대중목욕탕 탈의실에서 옷을 벗기 시작하면, 공기감염으로 자기 몸까지 더러워질 것 같은 기분도 들겠지. 코로 숨을 쉬고 싶지 않으니까 입만 살짝 벌리고 살며시 공기를 빨아들일 거야. 더러운 옷을 바구니에 담으면, 바구니까지 더러워지고 냄새도 안 빠질 테니 더는 쓸 수가 없잖아. 그 바구니를 옷장에 넣으면, 보나마나 문 틈새로 옆 칸까지 냄새가 밸 거야. 상하좌우 옷장까지 오염돼서 못 쓰게 될 것 같단 말이지. 안으로 들어가서 몸을 씻으면, 흘러나온 때가 더운물에 온도가 상승해서 수증기에 지독한 냄새가 스미고, 타일로 흘러가면서 코를 쿡쿡 찔러대지. 배수구 그물망은 둥둥 떠다니는 때로 막혀버리고."

"아저씨, 자기 자신을 어떻게 그렇게 객관화할 수 있죠?"

"객관화? 그게 아니라, 내 말이 맞잖아. 피해잖아."

"물론 그럴 테지만, 그러면 문제가 해결되진 않잖아요. 남에게 끼칠 피해만 걱정하면, 정작 자기 자신은 행복해질 수 없어요."

내가 지금 순간적으로 엄청 멋진 말을 했다는 생각이 들었다.

"누님처럼 늘 깨끗하게 하고 다니면, 그런 생각은 안 들어. 생각할 필요조차 없지. 나도 그랬어. 그런데 말이야, 대놓고 더러우니 냄새가 나니 하는 말들을 남한테 듣다 보니, 점점 비굴해져서 스스로를 동네 쓰레기로 여기게 되더군. 세뇌당하는 셈이지. 그렇게 되면, 듣기 싫은 소리를 피하려고 사람들을 멀리하게 돼. 최대한 인간과 떨어진 곳에서 혼자 살아가야겠다는 생각이 들지. 더럽다고 죽진 않아. 살아가는 데는 아무 지장 없어."

"대중목욕탕에서 거절당한 적이 있어요?"

"……응, ……있지."

달변을 늘어놓던 사람이 갑자기 서글픈 듯이 고개를 숙였다.

"밑바닥까지 추락하면, 기어오를 수가 없거든."

밑바닥까지 추락하면 기어오를 수가 없다. 그런 밑바닥은 곳곳에 널려 있다.

집이 없으면 취직할 수 없다. 직장 경력이 없으면 취직할 수 없으니, 애당초 직장 경력을 만들 수가 없다. 경력이 잠시 끊기기만 해도 일자리를 못 구할 때가 있다.

그리고 몸이 더러우면 대중목욕탕에 못 들어오게 한다.

생각해본 적도 없지만, 분명 거기에서 다시 기어오르기는 꽤 힘들겠지.

아마 더러워도 살아갈 수는 있을 것이다. 그러나 사람들에게 다가갈 수는 없다. 사람들에게 다가가지 못하는 인생은 과연 어떠할지 좀처럼 상상되지 않았다.

고등학생 꼬맹이들한테 발길질을 당하는 채로 몸을 웅크리고 있던 조금 전 이 사람의 모습을 떠올려보았다.

이 사람은 자기를 멸시하는 인간과는 얽히지 않고 살아가려 한다.

긍정까지는 바라지 않아도, 누구나 최소한 자기가 부정당하지 않는 곳에 머물고 싶어 한다. 나는 구직활동이 잘 풀리지 않아서 잇달아 몇 번이나 채용 거부를 당한 것만으로도 인격을 부정당한 기분이 들었다.

"그러고 보니 오랜만에 다른 사람과 대화를 했군. 슈퍼마켓에서도 물건만 바구니에 넣어서 계산대로 가면, 한마디도

하지 않고 살 수 있으니까."

하늘을 올려다보는 그의 몸짓에 이끌려서 나도 같이 하늘을 올려다보았다. 하늘은 보이지 않았다.

습기를 머금은 여름날 도심 공기에 공원의 조명 불빛이 번져 보였다.

번진 그 불빛이 공간으로 스며들어서 그 안쪽에 있을 하늘은 그저 캄캄한 공간일 뿐이었다. 하나이즈미에서는 지금쯤 별들로 총총한 밤하늘이 보일까.

이와테의 하늘이 그리워졌다.

"누님, 혹시."

"누님이 아니라, 이름으로 부르세요. 로코, 이와타니 로코. 아저씨는요?"

"와타나베야. 와타나베 와타루."

"와타나베 씨군요. 혹시 뭐요?"

"담배 있으면 좀 줄래?"

"아아, 있어요……."

주머니를 뒤적거리다 그제야 알아차렸다.

"헉, 큰일났다!"

발걸음을 돌려 정신없이 뛰기 시작했다. 조금 전에 있던 곳으로 돌아가야 한다.

다행이다. 배낭과 기타는 아무도 없는 벤치 위에 무사히 놓여 있었다. 이런 데서 도둑맞으면, 울어도 소용없다.

"목숨보다 소중한 물건을 깜빡했어요."

쑥스러움을 감추려고 애써 웃는 표정을 지으며 와타나베 씨에게 돌아갔다.

"아하. 로코짱, 기타 치는구나."

"응. 뭐, 그렇죠."

노래를 부르기 위해 도쿄에 왔다는 말은 차마 할 수가 없었다.

담뱃갑에서 담배 한 개비를 뽑아 건네주자 와타나베 씨가 더없이 다정한 목소리로 고맙다고 말했다.

"기타, 잠깐 만져봐도 될까?"

"네?"

"아, 잠깐만 기다려."

벌떡 일어선 와타나베 씨는 예상했던 것보다 훨씬 다부진 발걸음으로 어딘가를 향해 곧장 걸음을 내디뎠고, 잠시 후에 나무 그늘에서 천으로 된 자루를 들고 나타났다.

"손 씻고 올게."

그러고는 화장실에 들어가서 한동안 나오지 않았다.

"자, 봐."

돌아온 와타나베 씨가 양손을 활짝 펼쳐 보였다.

"깨끗해졌지?"

분명 팔뚝에서 손끝까지는 몰라볼 정도로 깨끗해졌다. 의외로 피부가 하얬다.

"그리고 이걸 여기에 깔게."

자기 무릎 위에 신문지를 펼쳤다.

"이건 좀 전에 저쪽 벤치에서 직장인이 읽은 새 헌 신문이라 깨끗해."

새 헌 신문이란 표현이 살짝 마음에 들었다. 이 사람이 대체 뭘 하고 싶은 건지 알 수가 없었다.

"더러운 옷에 더러운 손으로 소중한 기타를 만지면 싫겠지? 그래서⋯⋯."

무릎 위에서 접힌 신문지를 펼치더니 자기 가슴에 갖다 댔다. 신문지 앞치마가 와타나베 씨의 가슴과 허벅지를 덮었다.

"이래도 안 될까?"

와타나베 씨가 왼손을 어깨높이로 올리고, 오른손은 배꼽 언저리에 내려놓았다. 기타를 잡는 포즈다. 에어기타. 왼손

손가락이 Am(에이마이너) 형태를 하고 있었다.

이 아저씨는 기타를 칠 수 있는 사람이다.

"잠깐만요."

벤치에 세워둔 기타 케이스의 지퍼를 열었다.

넥을 잡아 악기를 끄집어냈다. 시선으로 그 과정을 좇는 와타나베 씨의 눈에 가로등 불빛이 비쳤는데, 순정만화의 주인공처럼 반짝반짝 빛나는 기분이 들었다.

"에피폰이잖아. 좋은 악기였네."

"자, 여기요."

와타나베 씨의 손에 기타를 맡기는 데 더 이상의 망설임은 없었다. 그는 에피폰을 아는 사람인 것이다.

조심스럽게 악기를 받아든 와타나베 씨가 표판(톱)을 잠깐 불빛에 비춰보고, 살며시 자기 무릎 위에 얹은 후, 왼손으로 넥 감촉을 확인하듯 어루만졌다.

한순간 동작을 멈추더니, 일단은 모든 현을 주르륵 퉁기며 소리를 내보았다. 그러고 나서 4번 줄과 5번 줄을 조금 올려서 G와 D코드를 잇달아 쳤다. 마지막으로 1번 줄을 아주 살짝 움직이고, 6번 줄과 옥타브의 관계를 확인하며 눈 깜짝할 새에 조율을 끝냈다.

그리웠던 물건을 만지는 듯한 편안한 표정이었다.

그 얼굴을 보고, 그리고 가볍게 치기 시작한 화음 몇 개를 듣고, 도쿄 역에 내린 후로 줄곧 긴장했던 마음이 단숨에 누그러지는 기분이 들었다. 목에 뭔가가 걸린 것 같은, 머릿속에 못이 박힌 것 같은 왠지 모를 거북함이 깨끗이 씻겨 내려갔다. 내 기타가 도쿄에서 소리를 냈다. 그 공원이 내가 머물 거처처럼 느껴졌다.

와타나베 씨가 담담하게 몇몇 코드에 실어서 홀수박자와 짝수박자로 저음현과 고음현을 쳤다. 템포와 리듬은 정확했고, 감각적인 아름다운 화음을 연주해냈다. 스트로크 연주는 손목 스냅이 능란하지 않으면, 화음이 나오는 타이밍이 제멋대로 어긋나서 소리가 탁해져버린다. 어려운 기술은 전혀 구사하지 않았지만, 이 사람의 연주 솜씨가 뛰어나다는 걸 알 수 있었다.

무슨 곡을 연주하는 걸까. 이 사람은 이 코드 진행에 속으로 어떤 멜로디를 싣고 있을까. 소리로 나오지 않는 마음속의 노래를 떠올려보려 했다.

그것은 자연스럽게 그 연주에 나의 멜로디를 실어보는 거나 마찬가지다. 다시 말해 지금 와타나베 씨와 나는 각자의 마음속에서 함께 연주하는 셈이다.

　서른세 번째 소절의 첫 음을 길게 늘어뜨리며 와타나베 씨는 연주를 끝냈다.

　"이 녀석, 소리가 아주 좋은데."

　"와타나베 씨의 연주가 뛰어나서 그렇죠."

　겉치레 인사말이 아니었다.

　"무슨 곡이었어요?"

　"제목 같은 건 없어."

　"즉흥…… 이었어요?"

　"지금 만든 건 아니야. 아주 오래전부터 기타를 잡으면 왠지 모르게 연주했던 코드 진행이지."

　"멜로디는 없어요?"

　"딱히 정해진 건 없어."

　그 말의 의미는 충분히 이해가 되었다.

　나도 코드 진행만 정하고, 몇 개월씩이나 연주할 때마다 이런저런 멜로디를 맞춰보곤 한다. 어떤 때는 마음속으로만, 어떤 때는 흥얼거리기만 하면서 똑같은 코드 진행에 무한한 멜로디를 실어 여러모로 굴려보는 것이다. 그러다 어느 순간 하나의 멜로디가 정해지면, 그때부터는 예외 없이 그 멜로디가 떠오른다. 수많은 지그소 퍼즐을 만지작거리다 거기에 딱 맞는 단 한 조각을 발견해낸 순간처럼.

"으음, 고마워. 이젠 돌려줄게. 오랜만에 기타를 쳐서 기뻤어."

"음악했어요?"

"했다고 말할 정도는 아니야."

"했다고 말할 정도는 아닌 솜씨가 아니던데요."

와타나베 씨가 쓸쓸하게 웃었다.

"오늘은 어디서 노래하고 왔나?"

"노래하려고 이와테에서 왔는데."

"아하 과연, 여기서 라이브가 있어서 상경했구나."

"아뇨, 길거리에서 노래하려고 여기까지 왔는데, 막상 오니까 용기가 안 나네요."

아침부터 이 공원에 오기까지의 과정을 찬찬히 들려주었다.

점심 전에 이와테 집을 나섰다.

8월의 마지막 금요일. 여름이 끝나기 전까지는 승부를 걸어야 한다고 결심한 건 분명했다.

하나이즈미 역까지는 버스. 이치노세키 역에서 신칸센 야마비코를 타면, 태양이 아직 높이 떠 있는 시간에 도쿄에 도착한다.

목적지는 신주쿠.

이렇다 할 근거는 없었다. 유명한 라이브하우스가 몇 개 있다는 것만 알 뿐이었으니까.

도쿄 역이나 신바시가 비즈니스의 중심 지역인 듯하다. 시부야는 젊은이들의 거리인 것 같다. 그리고 텔레비전의 거리 인터뷰에 나오는 '젊은이'를 보면, 스물다섯 살인 나는 이미 젊은이 취급은 못 받을 것 같았다.

인터넷이나 텔레비전, 그리고 이치노세키의 헌책방에서 산 도쿄 특집이 실린 정보지……. 도쿄에 관해 필사적으로 공부했다. 어디로 가고 어디에서 잘까, 무엇을 사고 무엇을 먹고, 그리고 어디에서 노래를 부를까.

일단 인터넷 카페와 편의점만 있으면, 어디서든 살 수는 있다. 편의점 만세. 스물다섯 살인 지금까지 인터넷 카페에 발을 들여놓은 적은 없지만, 그곳에 가면 비바람은 피할 수 있을 것이다.

도쿄 역은 정말로 거대했다.

물론 처음은 아니었다. 맨 처음은 수학여행. 구내의 어느 넓은 곳에서 줄을 다시 서고, 출석을 부르고 줄줄이 버스에 올라탔다. 취직하고 첫 황금연휴에는 도쿄에서 직장을 구한 친구가 안내해주는 대로 하라주쿠, 시부야, 다이칸야마 코스를 돌아다녔다. 나란히 앉아서 먹은 팬케이크에 수북이 뿌려진 크림이 너무 달아서 고역이었다.

해외 뮤지션의 라이브 공연 때는 고액의 티켓 값을 감당하기 위해 호텔은 안 잡고 심야 버스로 와서 심야 버스로 그냥 돌아갔다.

생각해보면 내 발로, 내 판단으로 도쿄를 걸어본 적은 없었다.

신주쿠 역에서는 '도청 방면'이라고 적힌 방향으로 나갔다.

왠지 그곳이 도쿄의 중심 같은 기분이 들어서 도쿄에서 지낼 거면 한 번쯤은 봐둬도 좋을 것 같아서였다. 수많은 사람들과 함께 몇 분씩이나 지상인지 지하인지 구분되지 않는 일직선 길을 걸어갔고, 천장이 뻥 뚫렸다 싶더니, 별안간 파란 하늘이 보였다.

그곳에 첩첩이 겹쳐지듯 우뚝 솟은 고층 빌딩들. 고프로 GoPro(광각렌즈 동영상 카메라 - 옮긴이)로 보는 것 같았다. 아, 드디어 도쿄에 왔구나. 그런 실감이 났다.

머리 위에서 직각으로 입체 교차하는 길을 향해 계단을 올라가자 아무래도 그곳이 진짜 '지상'인 듯했다. 몇 층 건물인지 헤아릴 수조차 없이 어마어마하게 높은 빌딩이 몇 개나 치솟아 있었다. 모리오카에서는 가장 높은 마리오스가 20층 건물이다.

'도심의 공기'라는 것을 음미하듯 몇 번이나 심호흡을 했다. 도회지답게 배기가스 냄새쯤은 나겠지 예상했는데, 코를 킁킁거려봐도 아무 냄새가 나지 않았다.

지하에는 수많은 사람들이 있었는데, 지상에는 자동차뿐이었다. 대도시인데도 인기척은 뜸해서 흡사 건축 모형 속에 서 있는 것 같았다.

야, 이와타니 로코, 뭘 그리 겁을 내.

예명으로 자기에게 말을 건넸다.

오노데라 히로코를 버리고, 이와타니 로코가 되기 위해 도쿄로 나왔다. 고향을 등지고, 시시각각 바뀌는 경치를 놓치지 않으려고 심야 버스가 아니라 큰맘 먹고 신칸센을 타고 왔다.

그런데 정작 내 행동은 북적이는 거리에서 도망쳐서 사람이 뜸한 장소에서 편안함을 찾고 있었다. 편안함이나 누리고 있을 상황이 아니다. 싸우러 왔다. 전열에 참가하러 왔다. 일본에서 경쟁이 가장 치열한 장소에서 경쟁하려고 일부러 찾아온 것이다.

올려다보고 있던 도청에서 등을 돌렸다. 기타를 몸 앞으로 놓고, 양발을 벌리고 우뚝 서서 신주쿠 역 방향을 똑바로 쳐다보았다.

큰 호텔에 가로막혀서 역은 보이지 않았다. 그러나 그 호텔 너머에서는 엄청난 숫자의 사람들이 북적일 게 틀림없다. 내 음악과 노래로 그중 몇 명의 발걸음은 붙들어 세워보리라.

우뚝 선 채로 반주 없이 노래를 불러보았다.

소리는 바로 하늘로 빨려들어 울림이 전혀 없었다.

밖에서 노래하는 건 익숙하다. 고향에서는 날씨 좋은 날이면 해가 저물 때까지 긴류 강변에서 연습하곤 했다. 가로막는 것이 전혀 없어서 노랫소리는 하늘을 뚫고, 제방의 풀숲과 그 너머에 있는 밭까지 울려 퍼졌다. 긴장감 없이 편안하게 노래를 부르고 나면 기분이 좋았다. 속삭이는 부분, 피아니시모 부분은 내 귀를 쫑긋 세우고 귀를 기울였다. 바람 소리에 흩어져버릴 것 같은 작은 목소리 하나하나에도 명료한 음을 낼 수 있도록 발음 연습과 복식호흡을 했다.

마루에 슈퍼마켓이나 에이쿱A-COOP 주차장에서도 노래를 불렀다. 신용금고 앞에서도 노래했다. 봄가을에 열리는 다가이치互市 전통시장에서 노점 일을 도우며 한 시간에 한 번, 세 곡씩 노래를 불렀다.

"노래, 잘하네", 그런 칭찬을 들으면 기뻤지만, 한동안 듣다 "아는 노래 좀 불러줄래?"라고 청하기 일쑤였다.

내가 만든 노래가 그렇게 지루한가?

친구들은 칭찬해주었지만, 시내로 나가면 '아는 노래', 요컨대 누구든 내가 아닌 다른 사람이 작곡 작사해서 텔레비전이나 라디오에서 흘러나오는 노래를 듣고 싶다고 요청했다.

"아티스트가 겸허해지면 끝이야."

요시자키가 그런 말을 했다. 요시자키는 옛날 남자친구다. 지금은 평범한 친구 사이다. 그러나 상당히 친하다.

"자기 노래에 힘이 없다는 생각에만 빠져 있으면, 아무리 시간이 지나도 로코의 청중은 못 만나."

"그게 무슨 뜻이야?"라고 물었더니, "CD가 100만 장 팔렸다고 해도 일본인 전체로 보면 고작 1퍼센트야. 엄청나게 적어. 나머지 사람들은 그 곡에 흥미가 없다는 거지"라고 말했다.

순간적으로 눈이 번쩍 뜨였다.

그렇다. 모든 사람이 다 좋아하는 곡 같은 건 없다. 100만

장 팔린 노래를 들어본 사람이 아무리 많아도 대부분의 사람들은 저마다 다른 곡을 좋아한다.

하나이즈미나 이치노세키에서는 내 노래를 좋아하는 사람을 못 만나는 것뿐인지도 모른다. 정말로 내 노래를 마음에 들어 하는 사람은 다른 곳에 있는지도 모른다.

"나만의 청중이 어딘가에 존재한다고 믿을 수만 있다면, 노래가 거기에 도달하게 하면 돼."

믿을 수 있다. 믿을 수 있고말고.

자칫 못 믿을 것 같기도 하지만, 믿을 수 있어.

요시자키, 멋진 말을 하네. 정말 좋아.

'나의 청중'을 만날 수 있는 장소를 찾아내야 한다.

그런데 아직 노래를 부르지 못했다. 노래하기가 겁났다. 이게 무슨 꼴이란 말인가.

니시신주쿠의 도청 쪽으로 가면 사람이 적다는 건 실은 미리부터 알고 있었다. 수많은 사람들이 있다는 이유로 도쿄까지 왔는데, 넘쳐나는 사람들에 주눅이 들어서 이쪽으로 도망쳤다.

다시 한 번, 하늘을 향해 노래를 불러보았다.

"이 하늘 아래 어딘가에 똑같은 마음을 가진 네가 있어~♪."

어렴풋이 소리가 되살아난 기분이 들었다.

날이 저물기 전에 노래하러 가자. 가야만 한다.

스마트폰을 들여다보며 앱으로 갈 길을 확인했다. 신주쿠 역은 너무나 거대해서 내키는 대로 대충 걸었다가는 동쪽 출구로 나가는 길조차 못 찾는다. 이 지역 지리에 관한 지식 따윈 애당초 없었고, 이 도시는 태어나서 25년간 쌓아온 나의 상식이 통용되는 규모를 월등히 넘어서 있었다.

이거다.

손가락 끝으로 화면 위의 지도를 확대하자 '新宿大ガード'(신주쿠 오가드)라는 글자가 보였다. 육교 밑에서는 소리가 잘 울린다. 버스킹을 하기에는 좋은 위치. 육교 양쪽 편에 '신주쿠 오가드 동東', '신주쿠 오가드 서西'라는 교차로까지 있었다. 대체 얼마나 큰 육교일까? 선로는 과연 몇 개나 지나갈까? 화면으로 노선도를 열어봐도 정확히 알 수는 없었다.

육교 밑으로 노랫소리가 가득 울려 퍼지는 광경을 떠올리자 용기가 솟아났다.

처음 한 사람, 누군가가 걸음을 멈춰준다면, 그것을 계기로 몇 명쯤은 노래를 들어줄 게 틀림없다.

결심을 굳히고, 오가드를 향해 걸어갔다. 기분이 고조되어서 보폭이 커지는 걸 느낄 수 있었다. 이마의 땀을 몇 번이나 훔쳐냈다.

그랬는데…….

막상 육교 밑에서 기타를 꺼내려고 하자 갑자기 마음이 위축되어버려서 노래를 부를 수 없었던 것이다.

육교는 분명 거대했다. 너무 컸다. 편도 4차선, 왕복 8차선 도로가 육교 밑의 거의 대부분의 공간을 차지했다. 그 옆의 인도 폭은 얼마 안 되었다.

멈춰 서면 바로 옆에서 수많은 사람들이 나를 앞질러갔다. 나를 피하기 위해 휘감고 돌듯이 걸어가는 사람도 있었다. 잠깐 사이에 몇십 명이나 잰걸음으로 스쳐지나갔다. 도저히 그곳에서는 청중의 발걸음을 붙들 수 없다. 멈춰 서는 것 자체가 누군가에게 방해되는 행위다.

비스듬히 내리쬐는 여름 햇볕이 통로를 따라 긴 그림자를 늘어뜨렸다. 맞은편에서 걸어오는 사람들은 가차 없이 쏟아지는 열기 띤 햇살에 하나같이 눈이 부신 듯 찡그린 얼굴이었다.

여기는 무리야.

기타 케이스를 인도에 내려놓고, 뚜껑을 열려는 순간 기가 꺾였다.

땀이 뚝뚝 떨어졌다. 바닥뿐만 아니라 등 뒤의 하얀 벽도 열기를 머금고 있었다.

이마의 땀을 훔친 팔에서는 양지쪽 냄새가 났다.

역시 이 도시의 크기에 너무 무지했던 것이다.

벌써 하나를 배웠네.

요시자키라면 그렇게 말해주지 않을까. 그런 생각이 조금은 위안이 되었다. 그렇지만 작은 위안으로는 다시 일어설 수 없는, 의욕을 크게 상실한 내가 있었다.

걸어, 걸음을 내디뎌, 이와타니 로코. 이제 고작 첫날이 시작됐을 뿐이야.

하늘은 여전히 밝았지만, 낮은 고도에서 강렬하게 내리쬐던 태양이 빌딩숲으로 사라지자 갑자기 거리의 가로등이 두드러져 보였다.

등에 멘 기타가 무거웠다.

혼자 이런 걸 들고, 이제 곧 다가올 밤을 어디에서 보내야 할까. 지금의 나에게는 목숨과도 같이 소중한 것. 분명 그럴 텐데, 아니 그렇기에 더더욱 등에 짊어지기가 고달팠다.

갈 곳도 없다. 이 지역 지리에 관한 지식이라곤 털끝만큼도 없이 그저 대도시의 기세에 압도당해버린 한심한 나.

일단 혼잡한 곳에서 벗어나자. 오직 그 생각으로만 걸어갔다. 역에서 멀어지는 방향으로. 오로지 그 생각뿐이었다.

고향인 하나이즈미는 어느 방향으로든 역을 등지고 10분만 걸어가면 밭이 나오고, 달이 뜨지 않으면 이 시간인 밤은 컴컴하다. 그런데 이 도시는, 신주쿠는 아무리 걸어도 가로등이 끊이지 않고 계속 이어졌다. 그뿐인가, 걷고 또 걸어도 잇달아 '역 입구'가 나타났다. 이번 역은 지하철이란다. 역에서 벗어나려다 또 다른 역에 붙잡혀버린 셈이다. 아무리 걸어도 혼잡함은 수그러들 기미가 보이지 않았다.

조금 넓은 길을 건너서 작은 바와 술집이 밀집한 지역으로 들어갔다. 손을 잡고 걸어가는 남자들이 보였다. 흥미진진하지만, 차마 고개를 돌려 쳐다볼 수는 없었다. 몸을 움츠리고 걸어가다 보니 작은 공원이 나타났다.

대도시 안에 빠끔히 뚫린 구멍 같은 장소였다.

생긴 지 얼마 안 되었는지 미끄럼틀도 그네도 깨끗했다. 조명도 밝았다. 반면에 곳곳에 빈 캔과 편의점 봉지가 흩어져 있었다.

미끄럼틀 옆에 나지막한 콘크리트 원기둥 몇 개가 있었다. 앉기 위한 용도일까, 단순한 디자인일까.

원기둥 하나에 추하이 캔 두 개가 놓여 있는데, 딱짝 분위기로 꼭 달라붙어 있었다.

그 캔 두 개가 너무 사랑스러워 보여서 가까운 원기둥에 앉기로 했다. 기분 탓일까, 그 캔에는 여전히 온기가 남아 있는 것 같았다. 캔과 캔은 거의 맞닿을 듯한 간격이면서도 실제로는 닿지 않고 제자리에 머물렀다.

이 공원에서 두 사람은 무슨 얘기를 나눴을까.

미래에 관한 얘기를 나눴을까, 추억을 이야기했을까, 일 얘기, 음악 얘기, 최근에 본 영화, 아니면 이별 얘기를 나눴을까, 시시콜콜한 일상 대화였을까. 그리고 그 두 사람은 어디로 갔을까. 두 사람의 집, 둘 중 어느 한 사람의 집, 아니면 근처 호텔…….

상상을 부풀리며, 그 캔을 쥐었을 때의 차가운 감촉과 얘기를 나누면서 온기로 데워져갔을 손끝의 감각을 떠올려보았다.

아주 조금 치유가 되었다. 이 도시에서 지금 눈앞에 있는 캔 두 개의 아주 작은 틈새가 가장 따뜻한 장소 같은 기분이 들었다.

그 미미한 온기에 젖어 있을 때, 그 세 학생 무리가 이 공원에 나타난 것이다.

와타나베 씨는 때로 웃고, 때로 고개를 끄덕이며 조용히 얘기를 들어주었다.

"어떻게 하면 로코가 노래할 수 있을까?"

"인파에 어느 정도 익숙해지면⋯⋯."

익숙해지면⋯⋯.

말은 그렇게 했지만, 며칠이면 익숙해질까. 어떻게 하면 익숙해질까. 그동안 체험했던 것과는 너무나 동떨어져서 상상이 되지 않았다.

"같이 서주실래요?"

정말로 즉흥적인 발상이었다.

"내가? 어디서? 뭘 위해서?"

"거리에서."

"거리에 서다니, 그건 싫어. 굳이 말하자면, 난 사람들을 피해서 숨어 살아온 몸이야."

"무대에 서본 적⋯⋯ 있죠?"

아저씨는 복잡한 표정을 지었다. 옛날 생각을 떠올리는 게 틀림없다. 지금과 이어지는 무언가를.

"악기도 없이?"

"내가 노래할 테니까, 기타를 쳐주세요."

그렇다. 조금 전에 이 사람이 연주했을 때도 나는 마음속으로 노래를 흥얼거렸다.

"이렇게 더러운 놈이 나서봤자 손님만 도망쳐. 무엇보다 냄새가 지독하잖아. 나랑 나란히 서고 싶진 않을 텐데."

그렇다. 지금은 풍향의 반대쪽으로 3미터쯤 간격을 벌리고 있다.

"냄새 안 나게 하면 되죠."

"대중목욕탕에 못 간다니까. 갈아입을 깨끗한 옷도 없어."

"안 되는 이유를 찾지 말고, 될 수 있는 방법을 궁리하면 되죠."

"학교 반장처럼 말하지 마."

반장을 해본 적은 있다. 그러나 공부는 좋아하지 않았다.

"와타나베 군!"

무대에서 객석의 누군가를 바라보는 것 같은 표정을 지었다.

청중의 마음을 사로잡으려면 객석을 멍하니 쳐다보면 안

된다. 누구든 한 명과 시선을 마주쳐야 한다. 그걸 가르쳐준 사람은 요시자키였다.

그 무렵 요시자키 마사히코는 이치노세키의 센마야초 현도縣道 변에 외따로 있는 '라이브하우스 247'에서 아르바이트를 하고 있었다.

다음 라이브 공연에서 나는 카운터 안쪽에 있는 요시자키를 뚫어져라 바라보며 노래를 불렀다. 그래서 우리 둘은 사귀게 되었다.

나는 내 노래로 그의 마음을 사로잡은 줄 알았는데, 애당초 나에게 그런 조언을 한 게 요시자키의 책략이었고 내가 그 책략에 넘어간 거라고 그가 말했다.

어느 쪽이든 상관없지만, 나는 그때부터 한동안 그를 퍼스트네임인 마사히코라고 부르게 되었고, 연인 사이가 끝난 후에는 다시 요시자키로 돌아왔다. 지금도 친한 친구 사이다.

'247'이라는 가게에는 라이브하우스라는 간판이 걸려 있었다.

그러나 실제로 라이브가 있는 날은 한 달에 며칠뿐이었고, 낮에는 나폴리탄이나 카레, 달걀프라이 정식을 내놓는 스낵바였다.

그 가게에는 어울리지 않을 정도로 번듯한 PA(공연장, 야외무대, 교회 등에 설치되는 대형 오디오 분야를 총괄적으로 일컫는 말이다 - 옮긴이) 장치가 있었고, 평소에는 단골손님이 노래방으로 사용할 때 썼다.

갈색 머리의 마담이 번쩍거리는 무대의상을 입고 노래했다. 이시카와 사유리의 「아마기 고개」나 티나 터너의 「프라이빗 댄서Private Dancer」로 단골손님들의 마음을 사로잡았다.

가게 이름인 '247'도 티나 터너의 「트웬티포세븐Twenty Four Seven」에서 따온 모양인데, 누가 그렇게 부르는 건 들어본 적이 없고 모두 '이사칠'이나 '이사'라고만 불렀다.

요시자키는 거기서 PA 콘솔을 조작하거나 술을 만들면서 이따금 자기도 노래를 불렀다.

내가 '247'에서 첫 라이브 공연을 한 날은 억수 같은 비 때문에 손님이 적어서 마담이 단골손님에게 일일이 전화를 걸어 불러내주었다.

"언제든 부담 없이 훌쩍 와서 노래하고 가도 돼."

그렇게 말해준 마담의 호의를 받아들여서 시간이 날 때마다 기타를 메고 가게에 들렀다. 우치야마다 히로시와 쿨 파이브의 「나가사키는 오늘도 비가 내렸네」를 노래하는 손님들이 나의 자작곡을 열심히 들어주었다. 교통비는 조금 들었지만, 그곳에서 노래를 부르면 출연료 대신 단골손님들 중 누군가가 밥이나 맥주를 사주었다.

온 힘을 다해 샤우팅할 때뿐만 아니라 속삭이는 듯한 목소리로도 들려주는 마이크 사용법이나 창법, 일렉트릭 어쿠스틱 기타의 라이브 취향 톤 설정 등등 '247'에서는 많은 것을 배웠다.

물어봐도 절대 알려주진 않았지만, 마담은 보나마나 어디선가 노래했던 가수가 틀림없다.

티나 터너의 노래를 부르려면 싸구려 마이크가 아니라 슈어 다이내믹 마이크가 꼭 필요했고, 그 소리를 받아내려면 사운드크래프트 믹싱콘솔이 필수적이었다. 노래방용 기자재는 헤드룸이 부족해서 클리핑되어버린다. 다시 말해 성량을 감당하지 못해서 소리가 뭉개져버리는 것이다. 반대로 노래방용 마이크로 일그러진 소리가 안 나는 창법으로 부르면, 노래에 힘이 들어가지 않는다.

"허접한 도구에 노래를 맞추면, 노래가 엉망이 돼"라고 마담은 말했다.

마담은 예전에 어디선가 가수로 노래를 불렀고, 어떤 사정으로 계속할 수 없게 된 후 노래를 포기하지 않으려고 그 가게를 연 것이다. 나는 그렇게 생각한다. 그래서 그 지역 밖으로 노래하러 가는 사람, 예를 들어 요시자키나 나를 가게로 불러서 무대 경험을 쌓게 해주었다고 생각한다.

"그럼 연습해야겠군."

긴 침묵 후에 와타나베 씨가 쑥스러운 듯이 입을 열었다.

"우와, 됐다! 지금 당장 여기서 해요."

"아냐, 공원에서는 안 돼."

"왜요?"

"근처에 사는 사람들이 경찰서에 신고해. 그러면 쫓겨나. 가까운 곳에 작은 공원 하나가 더 있어. 전에는 밤에 그곳에서 잤지. 그런데 거기서 술 마시고 떠들어대는 녀석이 있어서 이웃에서 민원을 넣었어. 주의해달라는 문구를 붙여도 효과가 없어서 결국은 신주쿠 구청에서 바깥쪽에 울타리까지 세우고, 밤에는 폐쇄하게 됐지."

저기 봐, 라며 아저씨가 손가락으로 가리킨 곳은 공원 바로 옆에 있는 맨션이었다. 올려다본 맨션의 유리창 너머에는 거의 다 천장과 거기 달린 조명 기구뿐이었지만, 형광등이나 백열전구 불빛이 밝혀진 그 창은 거기 사는 사람들의 삶 자체처럼 보였다.

"도시는 여러 가지로 힘드네요."

나는 다양한 사물의 존재를, 다양한 사람의 존재를 기대하고 도쿄를 찾아왔다.

다양한 사람이 존재하면, 그만큼 다양한 인생들이 부딪힌다.

길모퉁이에 서서 통행을 방해하며 노래를 불러도 될까? 또다시 문득 그런 의문이 들었다.

"여기서 연습하기 힘들면 노래방으로 가요."

뮤지션에게 노래방은 오히려 연습 스튜디오다.

"냄새 배서 안 돼."

위악적인 표현이었다.

한동안 가까이 있어서 익숙해졌는지, 우연히 바람 방향과 반대쪽에 서 있어서인지 냄새를 까맣게 잊고 있었다.

"아저씨는 일단 대중목욕탕에 갈 수 있을 만큼 깨끗이 씻으세요. 그동안 난 목욕탕에 갈 수 있을 만한 깨끗한 옷을 준비할게요. 보디 샴푸랑 샴푸는 나한테 있으니까 아저씨는 먼저 저쪽 화장실에서 몸을 좀 씻으세요."

여름이라 다행이다. 겨울이면 얼어버린다.

스마트폰으로 가게를 검색했다.

오케이. 신주쿠 3초메에 있는 유니클로는 밤 10시까지 한다.

"와, 대단하네. 이 주변 대중목욕탕은 밤 12시나 새벽 1시까지 한대요."

"그야 당연하지."

"어, 아저씨가 왜 우쭐대요? 자기가 경영하는 것도 아니면서."

"골든가 뒤쪽의 로마탕은 아침 9시까지 영업해. 단, 심야요금은 4,200엔이지."

역시나 상세하게 알고 있었다.

"너무 비싸서 난 못 가지만. 동경하는 로마의 휴일이지. 하긴, 나야 뭐 매일매일 휴일이니까. 밖에 걸어놓은 요금표만 보고 늘 그 앞을 지나쳐."

유니클로에서 살 것은 티셔츠, 반바지, 팬티. 거기에서 수건도 팔았나? 있다. 목욕 수건도 있지만, 싸니까 페이스타월로 하자.

왠지 신이 났다.

와타나베 씨가 대중목욕탕에 갈 수 있기를. 내가 신주쿠에서 노래할 수 있기를. 성공하면 두 가지의 불가능을 가능으로 바꿀 수 있다.

그러기 위해 일단은 '와타나베 씨를 대중목욕탕에 들여보내는 프로젝트'부터 발동한다.

배낭 속에서 샴푸와 보디 샴푸를 꺼냈다. 견본품으로 받았는데, 여행용으로 보관해둬서 아직 뚜껑도 따지 않았다.

"이거 다 써도 되니까 듬뿍 짜서 깨끗하게 씻으세요."

건네주자 아저씨는 기타를 치려고 씻어서 깨끗해진 손으로 그것을 받아들었다.

"그럼 난 옷 사올게요."

"저어, 팬티는 브리프 말고 꼭 트렁크로 부탁해."

"알았어요. 땀 안 차는 게 좋은 거죠?"

고개를 끄덕이는 아저씨의 웃는 얼굴에 등을 돌린 나는 구글 지도를 보며 유니클로를 향해 출발했다.

8월의 끝자락, 매장은 완전히 가을겨울 옷으로 바뀌어 있었다. 그러나 그것이 오히려 행운이었는지도 모른다. 매대 할인 판매로 500엔짜리 티셔츠 세 장, 690엔짜리 반바지, 트렁크는 590엔짜리 두 장을 샀다. 둘 다 좋아 보였는데, 그중 하나를 고르려니 자꾸 망설여져서 '에잇, 그냥 둘 다 사버리자'는 심정으로 샀다. 남자 속옷은 처음 사봐서 계산할 때 부끄러웠다.

예상보다 시간이 좀 걸렸다. 간신히 볼일을 마치고 다시 공원으로 돌아왔는데, 왠지 아까와는 분위기가 달랐다.

또다시 화장실 앞에 사람들이 모여 있었다. 저 멀리에 낯선 남자 한 명, 그리고 제복을 입은 경찰관 두 명이 보였다.

"안 돼, 안 돼요, 당신은 가까이 오지 마세요."

경찰관이 화장실로 다가가는 나를 가로막았다.

"아니, 그게."

강행으로 돌파하려 했지만, 경찰관이 뜻밖에 만만찮았다. 가라테 기술이라도 썼다간 공무집행방해죄로 체포당한다.

"으윽, 쌀 것 같단 말이에요."

경찰관이 위축된 틈을 타서 여자 화장실로 쏜살같이 뛰어들었다. 이제 경찰관은 따라올 수 없다.

옆에서 물 흐르는 소리가 들렸다.

"아저씨? 와타나베 씨, 거기 있어요?"

"있어. 정말 미치겠구먼."

물소리가 작아지고, 남녀 화장실 벽을 사이에 두고 대화가 시작되었다.

"왜 경찰관이 있죠? 무슨 일인지 설명해봐요."

"알몸으로 썻고 있는데, 어떤 남자가 들어왔어. 깜짝 놀라

당황해서 뒤를 돌아봤더니 허둥지둥 나가버렸지. 그런데 그 사람이 경찰에 신고한 모양이야. 공원에 알몸인 남자가 있다고. 그래서 경찰관이 와서 날 변태 취급하는 거야. 노출광으로 오해하고."

분명 지금 상황은 그것과 매우 유사하다.

"아저씨는 지금 뭐 해요?"

"거품투성이라 지금 씻고 있지. 맨 처음에는 거품이 전혀 안 나서 두 번째는 남은 보디 샴푸를 몽땅 짜냈더니, 이번에는 너무 많은 거라. 그 상황에서 남자가 들어왔고, 안에 거품투성이 인간이 있으니 깜짝 놀란 만도 하지."

거품투성이 모습과 그것을 들켜버린 순간을 상상했다.

"경찰관이 와서 파출소로 같이 가자는데 이대로는 못 간다니까, 그럼 빨리 씻으라더군. 지금, 그런 상태야."

"이왕 씻기 시작했으니까 천천히 제대로 때를 빼세요. 안 그러면 아깝잖아요."

"물론 그럴 생각이야. 대중목욕탕에 가는 중요한 임무를 앞두고 있으니까. 경찰관들은 벌써 10분이나 기다렸어."

문제는 이 사태를 어떻게 해결할 것이냐다. 까딱 잘못하면, 아저씨는 파출소로 끌려가서 한동안 못 나오게 될지도 모른다. 그런 사태가 벌어지면, 노래 연습은 못하게 된다.

'신주쿠 구 공원에서 알몸 남성 체포'.

그런 신문 기사를 본 적이 있다.

"으음, 내가 어떡하면 좋을까요?"

"경찰관에게 사정을 좀 설명해줄래?"

어떻게 설명해야 할까.

용기가 없어서 거리에서 노래하지 못하는 시골에서 상경한 기타 치는 가수가 공원에서 노숙자 아저씨를 알게 되어 같이 연주하기로 했고, 노래방에서 연습하고 싶은데 냄새가 나니까 대중목욕탕에 가고 싶었다. 그런데 너무 더러워서 목욕탕에 들여보내주지 않으니까 일단은 이 공원 화장실에서 대충 몸을 씻는 중이었다.

과연 그런 설명이 통할까.

하나하나는 있을 법한데, 나열해보면 믿기지가 않는다. 사실인데 거짓말 같다. 그래서 화장실에서 몸을 씻고 있는데, 공원 이용자가 와서 경찰에 신고하는 바람에 이 지경에 이르렀다.

"저어……."

나가자마자 승부를 걸었다. 뾰족한 대책도 없이 화장실에서 나왔다.

"안에 있는 사람, 제 친구예요……."

"당신 친구라고?"

"화장실에서 몸을 씻으라고 내가 보디 샴푸를 줬어요."

"당신이?"

"화장실에서 왜 그런 행동을?"

경찰관은 둘 다 고개를 갸웃거렸다. 그야 물론 그럴 테지. 절대 흔한 경우는 아니니까.

"저 사람, 무슨 죄가 되나요?"

"지금 막 이분한테 자세한 사정을 듣는 중이었어요. 어디서 뭘 봤느냐가 문제라서."

아무래도 눈앞에 있는 남자가 경찰에 신고한 모양이다.

"그런데 분명한 사실은 화장실 안에서 알몸인 뒷모습을 봤다는 겁니다. 요컨대 말이죠. 으음, 국부는 보이지 않았다는 뜻이기 때문에."

국부 부분에서 젊은 경찰관의 목소리가 작아졌다.

"요컨대 문제는 없다는 거네요."

"뭐, 그렇다고나 할까요."

"다행이다."

"그럼 저희는 이만 철수하겠습니다."

"저어······."

걸음을 내딛으려는 경찰관을 불러 세웠다.

"뭡니까?"

"저어, 이것 좀 저 사람에게 전해주시겠어요? 갈아입을 옷이에요."

경찰관은 여전히 이해되지 않는 표정이었지만 아저씨가 알몸으로 밖에 나올 수 없는 사정, 내가 남자 화장실에 들어갈 수 없다는 두 가지 사정은 헤아려졌는지, 유니클로 봉지를 들고 안으로 들어가주었다.

예상치 못한 절박한 위기 상황이었지만, 가까스로 잘 마무리되었다.

새하얀 티셔츠를 입은 와타나베 씨와 나는 스마트폰 지도에 의지해서 신오쿠보의 코리아타운 한가운데에 있는 대중목욕탕을 향해 걸어갔다.

무사히 대중목욕탕에 들어간 걸 확인하고 일단은 안심했다. 프로젝트는 순조롭게 진행되었다.

시간이 꽤 오래 걸릴 것 같아서 그동안 어디서 곡이라도 만들 생각으로 패밀리 레스토랑에 들어갔다.

아까 아저씨가 연주했던 코드 진행에 멜로디와 가사를 붙여보고 싶었다.

패밀리 레스토랑에서 기타를 칠 수는 없는 노릇이라 이어폰을 연결해서 스마트폰의 음악 제작 앱(애플에서 제작한 DAW 소프트웨어인 '개러지밴드' - 옮긴이)으로 소리를 냈다. 기타 화면에서 코드를 확인해서 배열하고, 그것을 연주시켜놓고 피아노 화면으로 멜로디를 쳐보았다. 밖으로 소리를 내지 않고 스마트폰 안에서만 남모르게 작곡할 수 있다.

8코러스 정도 하고, 멜로디가 굳어졌다. 이제는 가사를 붙였을 때 미세하게 조정만 하면 끝이다. 스마트폰 외부 작업만 남았다.

그 지역에 머무는 느낌이 완전히 좋아졌다.

단 한 사람의 친구가 옆에 있다는 것만으로도, 어웨이 분위기로 넘쳐나는 코리아타운을 걸어갈 때조차도 그 지역의 공기가 나에게 친숙하게 스며들었다. 여행에서는 불안감을 나름 즐길 수 있지만, 그곳에서 살기로 마음먹었는데 누구 한 명 마음을 터놓을 상대가 없는 상황은 절정과 절망 정도의 차이가 나는 것이다.

밴드를 구성해서 활동한 적은 거의 없다.

고등학교 시절 내가 보컬을 맡고 다섯 명으로 편성된 밴드를 만들었는데, 연애 관계가 복잡하게 뒤얽히는 바람에 짜증이 나서 그때부터는 줄곧 솔로로 활동해왔다.

그 대신 그때그때 만나서 세션을 하는 건 싫지 않았다. 와타나베 씨와의 만남도 그중 하나다. 지금부터 하려는 공연이 지금까지와는 다르다고 한다면, 기타를 완전히 와타나베 씨에게 맡기고 나는 보컬에만 전념하는 것이다. 지금까지는 누구와 팀을 짜도 나는 기타를 치며 노래했고, 거기에 누군가가 덧붙여지는 형태였다.

그래, 오늘밤에 연습할 곡의 코드 진행을 적어둬야겠다.

줄곧 혼자 해왔기 때문에 내가 연주할 곡의 악보를 들고 다닐 필요가 없었지만, 오늘밤에는 와타나베 씨가 볼 악보가 필요했다.

배낭에서 A4 스파이럴 노트를 꺼내 자작곡 세 곡의 코드 진행을 적어 넣었다.

시각은 오후 9시 40분. 눈 깜짝할 새에 한 시간이 지나갔다. 만나기로 약속한 시간이 가까워졌다.

"30분 후에 나올게."

아저씨는 처음에 그렇게 말했지만, 그건 절대 무리일 테니

한 시간 반으로 잡았다. 이 계절에 몇 주씩이나 몸을 안 씻었기 때문에 아무리 씻어도 때가 계속 나올 게 틀림없다. 고등학생 무렵에 산악부 남자아이들이 자랑삼아 몇 번씩 그런 얘기를 하는 걸 들은 적이 있다. 공원 화장실의 찬물로 씻어봤자 아주 살짝 표면만 문지른 거나 다름없다.

"몇 시간 있든 요금은 똑같이 460엔이니까 천천히 안 씻으면 아깝잖아요."

그랬더니 그 말도 옳다면서 한 시간 반으로 결정했다.

약속 장소는 코리아타운 입구에 있는 돈키호테로 정했다. 돈키호테는 모리오카에도 있어서 몇 번이나 가본 적이 있으니 대략적인 분위기는 안다. 아저씨도 잘 안다. 어쨌든 에어컨이 있는 곳에서 만나는 게 좋다.

돈키호테 매장에서 싸구려 드라이기를 구경하고 있는데, 누가 어깨를 툭 쳤다.

"우와, 누군지 전혀 몰라보겠어요."

뒤엉키고 부수수했던 머리카락은 말끔하게 빗질을 해서 평범한 뮤지션 느낌이 풍기는 긴 머리가 되어 있었다. 수염은 깨끗하게 면도를 했다.

우연히 스쳐지난다면 누군지 알아볼 수 없다. 몰라볼 정도로 변신해 있었다.

"와아, 와타나베 씨, 몇 살이에요?"

"쉰세 살."

"틀림없이 예순은 넘은 줄 알았어요. 사실은 젊었구나. 생각보다 피부가 하얗네요. 장발이 멋져요."

목 언저리로 가까이 다가가 킁킁 냄새를 맡아보았다.

"됐어요. 합격."

샴푸 냄새, 그리고 아마도 와타나베 씨의 체취인 듯한 냄새가 아주 살짝 풍겼다.

"냉면 먹고 싶으니까 같이 가요."

아저씨는 왠지 기뻐 보였지만, 말은 거의 하지 않았다.

"노숙자라고 해서 돈이 아예 없다고 생각하진 마."

와타나베 씨가 말하는 액수가 100엔인지 1,000엔인지 1만엔인지, 돈이 '있다'와 '없다'의 기준을 알 수는 없었다. 아무튼 오늘밤 비용은 반주 기타리스트의 출연료로 내가 지불하기로 했다. 그래서 이 사람의 지갑 사정을 딱히 걱정할 필요는 없다. 내 지갑 형편에서 가능한 일과 하고 싶은 일을 다 하면 그만이다. 오늘은 내 인생에서 아주 중요한 날인 것이다.

노래방을 찾으면서 다시 코리아타운을 걸어갔다. 글씨를

못 읽어서 뭘 하는 곳인지 알 수 없는 가게도 있었다.

"여기가 좋겠네. 심야 0시부터 새벽 5시까지 한 사람당 1,000엔이래요."

"설마 한 시간에 1,000엔은 아니겠지?"

문을 열고 안에 있는 사람에게 확인했다. 문제없었다.

"12시 될 때까지 밥 먹으면 되겠네요."

나중에 오겠다고 말하고, 맞은편 가게에서 고기를 먹기로 했다.

"돌아갈 곳이 있는 사람은 모두 막차로 돌아갈 시간이야."

눈앞에서 고기가 익어갈 무렵에는 주변 테이블의 손님들이 잇달아 자리에서 일어나 밖으로 나갔다. 냉면을 먹기 시작할 때는 조금 전까지 만원이었던 가게 안에 우리 둘만 남았다. 와타나베 씨가 불쑥 입을 열었다.

"막차를 타러 서둘러 가는 사람들을 볼 때가 제일 외로워."

막차는 '돌아갈 곳'이 있는 사람을 위한 교통수단인 것이다.

돌아갈 곳이 없는 와타나베 씨, 돌아갈 곳을 버리고 떠나온 나. 대화가 잠시 끊긴 사이, 어쩌면 우리 두 사람은 같은 생각을 했는지도 모른다.

와타나베 씨는 웬지 조심스러워하며 먹는 것 같았지만, 일부러 모른 척했다. 내가 많이 먹는 모습을 보여주면 좋겠지만, 나중에 노래하려면 조금은 비워둘 필요가 있었다. 배가 가득 차버리면, 소리를 낼 때 복근을 원활하게 사용할 수 없다.

다시 노래방에 간 것은 10분 전 12시였지만, '새벽 5시까지 1,000엔'인 조건으로 방에 넣어주는 교섭도 무사히 성공했다.

"그럼 두 분 느긋한 시간 보내세요."

묵직한 방음문을 닫자 갑자기 귀를 틀어막은 것처럼 방이 고요해졌다.

사람은 큰 소리에도 놀라지만, 소리가 나지 않아도 놀란다.

숨소리가 와타나베 씨한테까지 들릴 것 같은 기분이 들었다. 입을 살짝 벌리고 숨을 내쉬었다. 조금 전까지는 편안했는데, 불과 몇 시간 전에 만난 남자와 좁은 방음실에 단둘이 있다는 사실을 별안간 의식하고 말았다. 기타를 치는 사람이라는 것 말고는 이 사람이 어떤 사람인지 전혀 모른다. 몇 분 전까지만 해도 알아야 할 필요성조차 못 느꼈는데.

기타의 긱백 지퍼를 여는 소리가 유난히 컸고, 그러나 그 소리도 곧바로 흡음재로 스며들어버렸다.

"자, 여기요. 부탁드려요."

넥을 잡고 악기를 건네자 그것을 받아든 와타나베 씨가 자연스러운 포즈로 기타를 안았다. 이쪽을 보지 않으려고 애쓰는 것 같은 기분이 들었다.

"난 우롱차 시켜줘."

튜닝을 시작하면서 말했다. 아 참, 음료수 시켜야지.

벽에 달린 수화기를 들고 우롱차 두 잔을 주문했다.

와타나베 씨의 샴푸 냄새를 느끼고, 혹시 내 몸에서 냄새가 나지는 않을까 걱정스러웠다. 이왕이면 같이 대중목욕탕에 다녀올 걸 하는 후회가 밀려들었지만, 이미 늦었다.

"담배, 피울래요?"

대답을 기다리지 않고 내가 먼저 불을 붙인 후, 테이블 위에 담배와 라이터를 내려놓았다. 탁 하고 라이터 부딪치는 소리가 들렸고, 튜닝을 끝낸 와타나베 씨도 담배를 피우기 시작했다.

"실례합니다, 오래 기다리셨습니다."

방음이 깨지고, 바깥 소음과 함께 들어온 종업원이 테이블에 잔을 내려놓고 나갔다.

기타 스트로크가 시작되었다.

G Em C D G.

이건…….

다시 한 번, G Em C D G…….

틀림없다.

When the night has come…….

9마디째에 기타에 맞춰 노래를 부르기 시작했다. 아저씨는 "응, 그거야"라며 웃는 얼굴로 고개를 끄덕였다. 벤 E. 킹의 「스탠 바이 미Stand By Me」. 아마 뮤지션이라면 전주만 들어도 누구나 알 것이다.

목을 열고 마음껏 노래를 불렀다. 노래가 끝나고 와타나베 씨와 악수를 했다. 긴장이 완전히 풀렸다. 음악의 마법이다.

그때부터 세 시간 동안 계속 노래를 불렀다.

노래를 반복하면서 스파이럴 노트 악보에 와타나베 씨의 메모가 늘어갔다.

왜 이렇게 기분이 좋을까.

왜 이렇게 행복한 기분이 들까.

왜 이렇게 쉽게 흥분되고 감동될까.

"생맥주 두 잔 부탁해요."

종업원이 가져온 생맥주잔을 들고 건배했다.

와타나베 씨의 웃는 얼굴을 보니 기뻤다. 나까지 소리 내어 웃어버릴 것 같았다.

"이봐, 일어나. 아침이야. 나갈 시간이라고."

졸린 눈을 비볐다. 가까스로 한쪽 눈만 뜨자 천장에 남자 얼굴이 보였다. 화들짝 놀라 튀어오르듯 일어났다.

어느 낯선 방이었다. 벽 쪽 텔레비전에서 무슨 화면이 흘러나왔지만, 소리는 들리지 않았다.

모든 걸 이해할 때까지 시간이 조금 필요했다.

"나갈 차례야."

와타나베 씨였다. 그렇다. 이 사람과 노래를 맞춰보고 한껏 신이 났고, 마지막에는 피로가 몰려와 노래방 소파에 침몰한 것이다.

나갈 차례. 그래, 나갈 차례야. 드디어 공연하러 나갈 차례다.

기억이 났다. 신주쿠 역의 첫차 시간에 맞춰 버스킹을 하기로 했다.

저녁보다는 사람이 훨씬 적다. 통행에 방해되지도 않는다.

오늘은 토요일이라 직장을 쉬는 사람도 많으니까 첫차를 타러 가는 사람들도 시간 여유가 있다. 늦더위가 만만치 않았지만, 그래도 새벽 5시면 아무래도 시원하다. 가던 걸음을 멈추고 들어줄 사람이 분명히 있을 것이다.

새벽 5시에 버스킹을 하다니, 분명 누구도 상상하지 못할 것이다. 그런 생각만으로도 흥분되었다.

"지금 몇 시예요?"

"4시. 앞으로 30분쯤 지나면, 전철이 움직이기 시작해."

그럼 일어나야지.

"이왕 할 바엔 무대의상으로 갈아입어야지."

아저씨가 봉지에서 다른 티셔츠 한 장을 꺼냈다.

걷기 시작한 코리아타운은 아직 잠들어 있었다.

덥지는 않았지만, 예상했던 것만큼 시원하지도 않았다. 공기보다도 도로나 건물에서 뿜어져 나오는 열기가 몸을 휘감았다. 오늘도 무더운 하루가 될 것 같다.

묵묵히 빗자루를 들고 골목을 쓰는 할머니가 보였다. 까마귀가 헤집어놓은 쓰레기봉투에서 흘러나온 생선뼈를 발견한 고양이. 아직 조명이 켜진 가게에서 한국어 노래방 소리가 흘러나왔다.

쇼쿠안 거리에는 벌써부터 자동차가 달리고 있었다. 신주쿠 역 방면으로 가는 사람은 별로 없다.

헬로워크(일본 정부에서 운영하는 공공취업지원센터 - 옮긴이)까지 가서 그곳부터 선로 변을 따라가면, 세이부신주쿠 역이 나온다. 도대체 이 신주쿠라는 도시에는 역이 몇 개나 있을까. 어디서부터 어디까지가 신주쿠라고 불리는 도시일까. 각 도시의 시작과 끝이 확실치 않은 채로 거대한 도쿄라는 지역이 형성되어 있는 것이다.

주변 도로에는 액체가 쏟아진 흔적이 무수히 보였다. 음식점에서 내놓은 쓰레기봉투가 쌓여 있었다.

사진으로 찍으면 살벌한 풍경이 나올 듯하다. 그런데 그런 거리에서 우리는, 최소한 나는 의기양양하게 걸어가고 있었다.

도쿄에 도착한 지 아직 열네 시간밖에 지나지 않았다. 얼마 안 되는 시간에 내가 이렇게 변할 줄이야. 마치 마법에라도 걸린 것 같다. 도시에는 분명 신이 있다.

큰 도로를 건넌 언저리부터 역으로 가는 사람이 많아졌다. 첫차를 타러 가는 사람들이다. 밤 동안 스펀지 같은 흡입력을 보였던 거리가 일출과 함께 호흡하기 시작하며, 빨아들였던 사람들을 거리로 토해냈다.

역에서 가까운 짧은 가로수길에서 아저씨가 멈춰 섰다.

"이 부근이 좋겠지?"

눈을 맞추고 고개를 끄덕였다.

드디어 때가 온 것이다.

신문지를 펼치고, 그 위에 내려놓은 긱백을 열었다.

조금 전까지 냉방을 틀어둔 방에 놓여 있던 기타는 주변 기온보다 살짝 서늘했다.

옆에 달린 주머니에서 '이와타니 로코'라고 컬러 펜으로 이름을 쓴 카드를 꺼내 주인이 사라진 기타 케이스 안에 내려놓았다.

모두 긴 밤을 보내서 피곤에 지쳤는지, 여전히 술이 덜 깬 탓인지 이 시간에 이 장소에 있는 사람들의 발걸음은 너무나 느리고 무거웠다.

아저씨가 기타를 받칠 끈을 어깨에 둘렀다.

나를 힐끗 쳐다보았다. 주고받은 시선. 나는 고개를 끄덕였다.

G Em C D G.

와타나베 씨가 기타를 쳤다. 모두 알고 있는 「스탠 바이 미」.

지나가던 사람이 돌아보았다. 앞사람이 걸음을 멈췄다.

밤이 찾아와 지상에 어둠이 깔리고, 달빛만 비춰도
난 두렵지 않아. 두렵지 않아.

당신만 내 곁에 있어준다면.

함께 올려다보는 저 하늘이 무너져 내린다 해도
산이 깎여 바다로 가라앉는다 해도
난 울지 않아. 절대 울지 않아. 눈물도 흘리지 않아.
그래, 당신만 내 곁에 있어준다면.

달링, 달링,
곁에 있어줘, 내 곁에 있어줘.

스탠 바이 미.
이제야 이 가사의 진정한 의미를 처음으로 깨달았다. 오늘 이 순간을 위해 존재하는 것 같은 노래였다.

몸에서 불필요한 모든 힘이 빠져서 더없이 자연스럽고 느긋하게 노래할 수 있었다.

밤이 시작될 무렵, 자신감을 잃어서 어떻게 해야 할지 갈피를 잡을 수가 없었다.

지금, 밤이 끝나고, 아침이 시작되고 있다.

노래 부르지 못하는 가수, 이와타니 로코는 이제 없다.

연습한 자작곡 세 곡을 잇달아 불렀다.

그 자리를 뜨는 사람은 없었다. 난생처음 듣는 세 곡의 노래를 조용히 들어주었다.

세 번째 곡에는 기타 솔로를 넣었다. 노래방에서도 황홀한 연주였지만, 지금의 솔로는 그보다 몇 배는 더 훌륭했다.

기타를 멘 젊은이가 맨 앞줄에서 숨을 삼키며 아저씨의 손을 뚫어져라 바라보았다.

"감사합니다. 처음 뵙겠습니다, 저는 이와타니 로코라고 합니다. 어제 저녁에 이렇게 노래를 부르려고 이와테 현에서 도쿄로 올라왔습니다. 여러분 덕분에 최고의 데뷔를 할 수 있었습니다. 그리고 어제 우연히 만난 오늘의 기타리스트, 와타나베 와타루 씨를 소개합니다."

한 차례 큰 박수 소리가 일었다.

아저씨는 선생님에게 칭찬받은 중학생처럼 쑥스러운 듯이 살짝 인사를 했다.

나는 진심을 다해 고개를 깊이 숙이고 라이브 공연을 끝냈다.

조용히 노래를 들어준 커플의 여성분이 수줍어하며 기타 케이스에 1,000엔짜리 지폐를 넣어주었다. 그 모습을 보고, 또 몇 사람이 저마다 동전을 넣어주었다. 100엔, 500엔, 20엔……. 얼마든 상관없다. 감사합니다.

나는 노래했다. 그리고 내 노래를 좋아해준 사람이 있었다.

"로코, 고마워."

아저씨가 어깨에서 기타를 내리면서 가까이 다가왔다.

"날 도와주고, 대중목욕탕에 넣어주고, 옷을 사주고, 포근한 소파에서 재워주고, 기타를 치며 무대에 서게 해줘서 고마워."

"그건 전부 정당한 출연료예요. 감사 인사를 할 사람은 오히려 저예요."

수건으로 땀을 훔쳤다.

"와타나베 씨는 저의 신이에요. 와타나베 씨를 못 만났으면, 반주로 함께 와주지 않았으면 난 노래도 못 부른 채 이와테로 그냥 돌아갔을지도 몰라요. 저야말로 노래할 수 있게 해줘서, 버스킹을 할 수 있게 해줘서 정말 고마워요. 이젠 노래할 수 있어요. 이젠 거리가 무섭지 않아요. 도쿄에서 헤쳐나갈 수 있어요."

"다행이야. 열심히 해."

물론이죠, 라고 마음속으로 고개를 끄덕였다.

"그럼 여기서 헤어지지."

"아저씨는 이제 어떡할 거예요?"

"몸이 깨끗해졌으니 헬로워크에 가볼게."

"그렇구나. 그건 잘됐네요. 또 만날 수 있을까요?"

아저씨에게는 집이 없다. 휴대전화도, 이메일 주소도, 라인 계정도 없다.

"만날 수 있고말고. 도시에서 널 찾을게. 로코가 이 도시에서 노래하고 있으면, 난 반드시 널 찾아낼 거야. 길거리일지도 모르지. 라이브하우스일지도 모르고. 부도칸武道館(관객 1만여 명을 수용할 수 있는 대형 공연장 - 옮긴이)이나 도쿄 돔일지도 모르지. 널 찾고, 꼭 발견해낼 거야. 노래하는 무대에 서 있는 이와타니 로코를 다시 찾으러 올 거라고."

왜 이렇게 얄미운 소리를 한담. 필사적으로 눈물을 삼켰다.

"고마워."

앞으로 내미는 오른손을 두 손으로 잡았다.

"자, 그럼"이라며 어깨를 두드려서, "자, 그럼"이라며 있는 힘껏 같이 두드렸다.

"뭐 해? 아파. 등이 멍투성이라고."

말이 끝나기도 전에 역에 등을 돌리고, 방금 왔던 방면으로 걸어갔다.

그 앞에 헬로워크가 있지만, 토요일인 오늘은 쉬는 날이다.

티셔츠 등에 유니클로 태그가 삐져나온 걸 알아챘지만, 더 이상은 말을 건네지 않기로 했다.

어디 가서 아침을 먹자. 그리고 살 곳을 찾자. 와타나베 씨의 코드 진행에 붙인 곡을 위해 가사를 쓰고 연습하자.

언젠가 아저씨가 노래하는 나를 찾아냈을 때를 위해서.

초보자 환영, 경력 불문

'이치아야市彩'라는 왠지 좀 색다른 이 가게 이름은 모리토시 씨와 둘이 가게를 운영하는 유키코 씨가 교토에서 무희를 하던 당시의 가명이라고 한다.

젖빛 유리로 된 격자 미닫이문. 포럼에는 쪽빛 바탕에 하얀 글씨로 '밥'이라고 쓰여 있다. 나이에 비해서는 아직 매력이 풍기는 쉰 살이 넘은 여주인. 과묵한 요리사. 카운터에 늘 어놓은 큼지막한 접시에는 '반찬'이 다섯 종류쯤 담겨 있었다. 유성매직으로 써놓은 길쭉한 각각의 메뉴는 대부분 옅은 갈색으로 변색되었다.

"낙제해서 기생이 못 되고 그만둔 거야."

무희는 기생이 되기 위한 수업을 받는 신분이라 연애가 금지된다. 아무래도 유키코 씨는 그 규칙을 위반하는 바람에 그 길을 포기한 듯했다.

　그런 까닭에 가부키초 한복판에 있으면서도 아마 가장 가부키초답지 않은 '정식 이치아야'의 손님들은 유키코 씨를 마담이나 여사장이라 부르지 않고, 누님(오네상 お姉さん)이라고 부른다.

　"사실 오네상은 원칙적으로는 현역 기생에게 붙이는 호칭이고, 은퇴하면 어머니(오카상 お母さん)야."

　자세한 사정을 설명하는 누님의 말투는 완벽한 도쿄 억양이다.

　"상관없어. 여기는 교토가 아니니까."

　그 얘기만 나오면, 평소에는 말수가 적은 모리토시 씨가 예외 없이 끼어들었다. 무희 이치아야가 규칙을 위반한 원인은 아무래도 30년간 카운터 안쪽에서 부엌칼을 쥐고 있는 모리토시 씨인 것 같다. 그러나 단골손님 누군가가 넌지시 떠보면, 두 사람은 애매하게 웃기만 할 뿐 더 이상 얘기하지 않았다. 그렇다 보니 손님들은 교토 가미시치켄에서 도쿄 가부키초로 떠나온 '사랑의 도피행'에 관해 제멋대로 상상을 부풀리곤 했다.

"아카네쨩, 오늘도 안 오네."

그렇다. 아카네가 가부키초 한복판에 있는 에어포켓 같은 이 식당에 얼굴을 내밀지 않은 지 꽤 오래다.

시무라 가나가 이 가게에서 아카네를 만난 것은 동일본 대지진이 발생한 해의 여름이었다.

지진 재해 후, 가나의 직장이었던 세무사사무소의 대표가 뇌경색으로 쓰러지는 바람에 사무소를 닫을 수밖에 없었다. 폐업 과정에서 사무직이었던 그녀가 잔무의 거의 대부분을 정리한 후, 부인에게 퇴직금 대신 세 달 치 월급을 받고 무직 신세가 되었다.

엉뚱하게도 단골로 다녔던 '세지타리우스'라는 쇼트바(위스키 등을 가볍게 한잔할 수 있는 바 - 옮긴이)에 바텐더 견습생으로 들어간 지 얼마 안 된 무렵이라, 일하기 전후에 '이치아야'에 자주 드나들던 시기였다.

"가부키초에 놀러 오는 사람들은 이 가게에는 별로 안 오네요."

그것이 입구에서 가장 가까운 자리에 앉아 정식이 나오길 기다리던 아카네가 처음으로 한 말이었다.

카운터 자리뿐인 이 가게를 찾아오는 손님은 티셔츠에 샌들을 신은, 집에서 휙 나온 듯한 옷차림이거나, 그게 아니면 보통 사람들보다 몇 배는 더 정성껏 치장한 물장사 계통의 남녀가 많았다.

"놀러 온 사람들은 살림때가 묻어나는 이런 곳은 오고 싶어 하질 않아."

누님이 말했다.

"그래요? 평범한 분위기라 오히려 더 마음이 편한데."

그 말이 옆자리에서 정식을 기다리던 가나의 마음을 사로잡았다.

"무슨 일 하세요?"

"센다이에서 광고 일을 했어요."

대답이 과거형으로 돌아왔다.

살짝 갈색빛이 돌게 염색한 머리카락은 찰랑찰랑 가벼웠고, 머리끝도 가지런하게 정돈되어 있었다. 역시 광고업계에 있는 사람은 뭔가 달랐다. 나이는 서른이 조금 넘은 정도일까.

"이렇게 늦게까지 일이라니, 힘들겠어요."

무난한 화제라 여기고 그렇게 말했다.

애당초 이 가게로 식사하러 오는 사람은 대부분 밤에 일한다.

"말이 광고지, 지방에 있는 광고 회사라 하나도 안 멋져요. 슈퍼마켓이나 파친코 전단지, 지역광고로 경비를 충당하는 무료 정보지를 만드는 일이었으니까."

"지금은 광고업계 일이 아닌가요?"

"아 네, 뭐."

그녀의 옆얼굴이 살짝 일그러지는 걸 알아챘다.

아뿔싸. 본인이 스스로 말하지 않는 이상, 어떤 일을 하냐고 묻지 않는 게 이 지역에서 일하는 사람들의 불문율처럼 굳어 있었다. 이 지역에는 다양한 가치관과 편견, 차별이 복잡하게 뒤엉켜 있고, 같은 일을 해도 사람에 따라서는 당당히 가슴을 펴지 못하는 마음을 품고 사는 경우도 있다.

"주제넘게 개인적인 얘기를 물어봐서 죄송해요."

"지진 재해 후에 도쿄로 나왔어요. 회사는 센다이 시내에 있어서 직접적인 피해는 없었지만, 할일이 없어져버려서. 물건을 파는 가게나 회사도, 그것을 살 사람이 사는 집도, 바다 가까이에 있던 것들도 모조리 쓰나미에 휩쓸려버렸으니까."

얘기를 어떻게 이어가야 할지 난감했다.

"살던 집도 떠내려갔고…… 바다랑 가까운 유리아게라는

곳이라서……."

'門(문)'이라는 글자 안에 '水(수)'라는 글자를 써넣고, 閖上
(유리아게)라고 읽는다고 그녀가 자기 고향의 지명을 설명해주
었다.

처음 듣는 글자였다. 문 안에 물이 들어 있는 글자.

대지진이 발생한 날, 가나는 나카노사카우에와 가까운 니
시신주쿠 외곽의 세무사사무소에서 일하고 있었다. 예전에
는 주니소十二社라는 이름으로 불렸던 마을 근처다.

지은 지 40년 된 5층짜리 건물의 한 사무실. 컴퓨터 화면과
눈싸움을 하고 있을 때, 큰 흔들림이 몰려왔다.

툭하면 화장실 배수구가 막히는 낡은 잡거빌딩의 벽이 여
기저기서 삐걱 소리를 냈다.

무서웠다.

"지진이 나면 맨 먼저 무너질 거야"라는 농담을 한 벌로 급
기야 그날이 오고 말았나 하는 생각이 들었다.

흔들리는 건지, 현기증이 나는 건지 분간할 수 없는 불쾌
한 감각이 이어졌다. 발바닥에 흔들림이 느껴지는 게 무서워
서 의자에 앉아 발을 들자 이번에는 의자가 움직여버릴 것

같아서 바로 다시 발을 내려놓았다.

태어나서 단 한 번도 경험한 적이 없는 큰 요동이었다.

"이건 진원震源이 가깝겠는데."

대표가 22인치 액정 텔레비전이 넘어가지 않도록 붙들면서 그렇게 말했던 기억이 난다.

벽을 따라 창문까지 다가가자 밖에서는 콘크리트 전신주가 휘어져서 긴 전선이 줄넘기를 하는 것처럼 흔들리고 있었다. 눈 아래로 흘러가는 강물은 어항을 흔든 것처럼 큰 주기로 출렁거렸고, 금방이라도 범람 방지용 둑을 넘어 흘러넘칠 것 같았다.

난생처음 보는 광경이었다.

"리모컨이 어디 있더라?"

사무실에서 텔레비전을 켜는 일은 거의 없다. 대표는 가나의 대답도 기다리지 않고, 흔들리는 와중에도 책상 주변을 살피기 시작했다.

전화는 어디와도 연결되지 않았다. 물론 휴대전화도 마찬가지였다.

엘리베이터 홀까지 나갔다. 역시나 엘리베이터는 운행이 중지된 상태였다.

그 지역의 거의 모든 엘리베이터가 멈췄다면, 나중에 그것을 어떻게 다시 작동시킬까. 지진이 나면 엘리베이터가 멈추는 건 알고 있었지만, 재가동하는 방식에 관해서는 생각해본 적이 없었다.

어디선가 무시무시한 상황이 벌어지고 있는 게 틀림없었다.

정전은 되지 않았다.

"수도는?"

"나와요."

"옥상의 물탱크 물이 나오는 것뿐인지도 모르지."

대표는 냉정했다.

가까스로 요동이 멈춘 후에도 몸은 여전히 휘청거렸다.

"밑에 가서 보고 올게요."

4층에서 계단을 통해 내려갔다. 평소보다 발소리가 더 크게 울리는 기분이 들었다.

도로로 나가자 빌딩 곳곳에서 사람들이 나와 있었다. 양복 차림에 샌들을 신은 사람도 보였다. 둘러보는 한, 그냥 우두커니 서 있는 사람이 많은데, 어느 건물도 피해를 입은 기미는 없었다. 사무실이 위치한 '신주쿠 SS빌딩'은 외관은 칙칙해 보이지만, 기울어진 곳도 없고 벽이 떨어져 나가지도 않았다.

안심해도 될까.

지금 이 광경에서 각 빌딩 앞에 우두커니 서 있는 사람들만 사라져버리면, 평상시와 다를 바 없는 마을이 그곳에 존재할 뿐이다.

뭘 하려는 마음이나 반드시 해야겠다는 의지가 솟아나지 않았다. 머릿속 한구석에서는 분명 엄청난 일이 벌어졌다는 생각이 들었다. 그런데도 눈앞의 풍경은 아무것도 변하지 않았다. 흔들림이 멈췄다고 해서 평소처럼 업무로 돌아갈 기분은 들지 않았다. 밖에 서 있는 사람들도 아마 똑같은 심정이겠지.

형태가 있는 것은 아무것도 변하지 않았다. 그러나 어느 날, 마음속 어딘가가 망가졌을 것이다. 도쿄에 있었던 나조차도.

어딘가에서 뭔가 중대한 일이 벌어지고 있다. 가슴 깊은 곳에서 그런 확신이 굳어졌다.

발걸음을 돌렸다.

운행을 멈춘 엘리베이터를 곁눈으로 스쳐지나서 계단으로 올라갔다. 위층으로 올라갈수록 거칠어지는 내 숨소리가 계단에 울려 퍼졌다.

옥상으로 나가 뺨에 바람을 맞을 때는 숨이 턱까지 차올라서 무릎에 손을 짚고 웅크린 채 숨을 골라야 했다.

간신히 올려다본 하늘에서는 수많은 까마귀 떼가 저 멀리 날아가고 있었다. 저렇게 큰 새도 무리를 지을 때가 있구나.

옥상에서 둘러보는 한, 평상시와 같은 풍경이었다.

그저 바람이 불었다. 무엇 하나 변하지 않았다.

베스트 주머니에서 휴대전화가 흔들렸다.

다행이다. 회선이 회복된 것이다.

"여보세요? 애, 괜찮니?"

요코스카에서 혼자 살고 있는 엄마였다.

"괜찮아. 회사 책꽂이에서 책이 떨어진 정도야. 엘리베이터는 멈췄지만, 건물에도 이상은 없어. 엄마는?"

"무서웠지. 이런 건 처음이야. 전등이 막 흔들리지 뭐니. 떨어지는 줄 알았어. 허둥지둥 불단을 살피러 갔지. 혹시 촛불을 켜놨으면 위험하잖니. 촛불을 켠 기억은 없었지만, 혹시 몰라서."

엄마는 의외로 위기에 강하다. 아빠가 돌아가셨을 때도 자제력을 잃고 훨씬 더 흐트러질 줄 알았는데, 의연하게 장례

식을 잘 치러냈다. 기회만 있으면, "폭탄이 비 오듯 떨어지는 속에서도 살아남았어"라는 게 말버릇인데, 그것은 할머니 얘기를 따라할 뿐이고, 엄마는 전후 출생이다.

"옷장, 서랍장이 열린 정도고 이쪽에도 별다른 피해는 없어."

"그렇구나. 전화, 고마워. 아무튼 무사한 게 확인돼서 다행이야."

"전화가 몰렸는지, 도통 연결이 안 되지 뭐니. 그야 그럴 테지. 다들 걱정돼서 가족에게 걸었을 테니까."

"여진도 있을지 모르니까 조심해."

"도호쿠는 난리가 난 모양이야. 진도 7인 강진이래. 뉴스는 전혀 안 들어오지만."

"도호쿠? 진원지가 도호쿠야?"

무심코 되물었다. 그렇게 진원지가 먼데, 이렇게 많이 흔들린 것이다. 진원지와 가까운 곳은 대체 얼마나 흔들렸을지 상상도 되지 않았다.

뉴스가 좀처럼 안 들어온다는 건 피해가 크다는 뜻이겠지.

"끊을게. 전화선 많이 혼잡할 테니까."

통화를 끝내고 기도하듯이 심호흡을 했다. 뭘 위해 기도해야 할까. 아무런 이미지도 떠오르지 않았다. 뭔가를 위해 기도하고 싶은 심정이었고, 기도하는 것 말고는 달리 아무 생각도 떠오르지 않았다.

사무실로 돌아온 후 눈에 들어온 광경은 대표가 텔레비전 리모컨을 움켜쥔 채 넋을 놓고 텔레비전에 푹 빠져 있는 모습이었다.

"무지막지한 일이 벌어졌어."

대표의 재촉으로 바라본 화면에 숨이 턱 막혔다.

비스듬히 기울어진 어선이 집과 집 사이로 이동하고 있었다.

왜 바다에 집이 있지?

그렇게 생각한 후, 집이 있는 곳으로 배가 통째로 바닷물과 함께 밀려든 상황이라고 이해했다.

쓰나미. 이것이 쓰나미인가. 도무지 파도로는 보이지 않았다. 바다가 그대로 육지로 올라오는 것 같았다.

가지를 펼친 커다란 나무가 떠내려갔다.

전선을 늘어뜨린 전신주가 목조 가옥에 처박혀서 벽을 뜯어내며 휩쓸려갔다. 집이 통째로 떠내려가는 광경도 나왔다.

LIVE. 화면 오른쪽 위에 보이는 글씨.

영화가 아니다. 녹화도 아니다. 대체 이게 무슨 일인가. 지금 이 순간 어딘가에서 벌어지는 상황을 그대로 보고 있단 말인가. 그게 바로 이 광경이란 말인가.

농로에 자동차가 줄지어 늘어서 있었다. 카메라의 이동촬영으로 그 모습이 화면 오른쪽으로 사라졌다.

왼쪽에서 시야에 들어온 바둑판 모양의 논두렁길이 잇달아 물살에 삼켜졌다.

잠시 후, 왼쪽에서 오른쪽까지 화면 전체가 물로 뒤덮였다.

이제 더는 보이지 않는, 화면 오른쪽으로 사라진 자동차 행렬을 쓰나미가 뒤엎는 광경이 머릿속에 떠올랐다.

어쩔 도리 없이 떠내려가는 자동차가 도로를 벗어나 천천히 회전하며 휩쓸려갔다.

이 순간, 화면 밖에서 일어나는 상황이 너무나 선명한 영상으로 머릿속에 떠올랐다.

머리카락이 거꾸로 서는 공포에 사로잡혔다.

지금 나는 사람이 죽는 순간을 보고 있는 것이다.

그것도 한 사람이 아니라 몇 명이나 쓰나미에 삼켜졌고, 지금 이 순간 위인지 아래인지도 모르는 물속에서 발버둥치고 있다.

두통과 동시에 구역질이 솟구쳤다. 숨을 멈추고 있었을지도 모른다. 심호흡을 해야지.

"나는 센다이 시내 회사에서 일하고 있어서 무사했지만."

도쿄가 그렇게 심하게 흔들린 건 처음이라고 가나가 말하자 아카네는 쓰나미가 휩쓸고 간 후의 유리아게에 관해 이야기하기 시작했다.

"모조리 사라져버렸어요. 그저 지면만 남았을 뿐. 집은 사라지고, 아스팔트 도로는 흙으로 뒤덮여서 어디가 도로고 어디가 집이 있던 곳인지 전혀 알 수가 없었죠. 화재든 지진이든, 예를 들어 둑이나 어떤 흔적은 남게 마련이잖아요? 여기가 현관이고 우산꽂이가 있었고, 여기에 외투를 걸었다든지, 여기에는 신발장이 있었다든지, 이곳은 부엌이고 거실 이쯤에 테이블이 있었다든지. 세탁기는 여기 있었고, 배수용 호스를 빙 돌리지 않으면 배수구에 꽂을 수가 없었다거나 말이죠. 집터 경계선조차 알 수 없었어요. 뭔가를 떠올릴 만한 실마리가 전혀 없는 거예요. 가족이나 내가 살아온 표시라곤 아무것도……. 황야에 선 기분이었어요. 우리 가족이 정말 여기 살았을까, 그런 의문까지 들더군요. 그저 휑한 지면만 펼쳐질 뿐, 거기 있었던 건물도, 전신주도, 신호도, 교통표지판도 사라져버렸어요. 방풍림이 휩쓸려가서 보이지 않았던 바다가 저 멀리 보였죠. 지도 앱으로 위치를 확인해보려 했어요. 전파가 약한지 지금 내가 서 있는 듯한 장소에 파란 GPS 동그라미만 뜰 뿐, 화면은 그냥 새하얬죠. 지도 속까지 텅 비어버린 거예요. 눈물이 났어요. 그대로 한참 동안 화면을 뚫어져라 바라봤어요. 가까스로 눈에 익은 지도가 나타났죠. 그 지도를 의지 삼아 우리 집이 있었던 장소에 간신히 도착했어요. 태양을 마주 봐도 등져도 시야가 닿는 한해서는 아무것도 없었지만, 스마트폰 속에는 제대로 된 마을이 있었고, 우리 집의 윤곽이 나왔고, 옆집과 초등학교도 확실하게 나왔어요. 위성사진으로 바꿔봤죠. 화면을 확대하자 붉은 기와를 얹은 우리 집이 거기에 있었어요. 그런데 정작 눈앞에는 단지 평원만 펼쳐져 있었죠. 무슨 악몽이라도 꾸는 것 같았어요. 현실 같지 않았죠. 그게 현실이란 게 믿기질 않았어요."

애기를 멈춘 아카네의 눈이 이리저리 불안하게 흔들렸다.

어느새 가나 앞에는 금눈돔조림이 나와 있었고, 아카네 앞에는 돼지고기생강구이 정식이 놓여 있었다.

가나는 할말을 끝내 찾지 못해서, 하는 수 없이 손에 든 된장국만 젓가락으로 휘저었다.

"도무지 어떤 의욕도 생기질 않아요."

아카네가 이쪽을 바라보았다.

"집이 조금이라도 남아 있으면, 뒷정리를 해야 한다는 생각이라도 들잖아요. 집 안의 진흙을 걷어내고, 이젠 쓸 수 없다는 걸 알면서도 다다미를 벗겨서 밖에 내놓고 햇볕에 말린다거나, 흙에 파묻힌 그릇을 닦으면 반짝반짝 다시 윤이 날 테니까 격려가 되겠죠. 그렇게 긍정적으로 움직이고, 스스로를 북돋우는 방법을 도무지 찾아낼 수가 없었어요. 정말로 아무것도 없었으니까. 열심히 해야겠다고 다짐할 만한 계기를 찾아낼 수가 없었죠."

거기까지 말하고, 아카네는 돼지고기생강구이에 젓가락을 갖다 댔다.

오물오물 입을 움직이는 옆얼굴을 보며, 그녀의 턱 윤곽이 야무지고 늠름하다고 생각했다.

"반찬으로 나온 무 요리, 정말 맛있어요."

상큼한 미소였다.

"그건 교토풍 양념이에요."

카운터 안에서 누님이 입을 열었다.

"돼지고기생강구이도?"

"그건 이치아야풍이고. 밥 더 먹어도 돼요."

"와아, 고맙습니다."

카운터 너머에서 누님이 설거지를 시작했다.

아카네는 돼지고기생강구이를 정확하게 절반만 남기고 맨처음 밥그릇을 비웠고, 두 번째 밥그릇을 비우기 시작했다.

그녀가 긴장을 풀고 편안하게 지내는 모습을 보니 기뻤다.

'이치아야'는 마음이 편안한 '색다를 게 없는 평범한 밥집'이다. 그런 까닭에 가부키초를 일터로 삼고 있는 사람들에게는 더할 나위 없이 소중한 장소가 되었다.

유흥업소의 호스티스도 온다. 파친코나 게임 센터의 종업원도 온다. 어디 매니저라고 신분을 밝히는 남자, 출근 전인 호스트, 버드와이저 무늬의 미니스커트를 입은 웨이트리스가 휴식 시간에 외투로 코스튬을 감추고 찾아온다. 후난 요리(중국 후난 성의 향토 요리 - 옮긴이)점의 경영자. 바를 몇 개씩 가진 사람. 출장형 성매매 아가씨를 태워다주는 운전기사. 러브호텔에서 실내 청소를 하는 사람. 극장 무대 출연자. 조명 담당자. 식사가 끝날 때까지 몇 번씩 전화기를 들고 가게를 드나드는 스트라이프 재킷의 직업 미상인 남자. 막차로 돌아가는 사람. 막차로 출근하는 사람. 화장이 서툴고 사투리 억양이 아직 가시지 않은 갈색 머리의 여성. 그리고 직장을 그만두고 쇼트바에서 바텐더를 하는 가나.

밤일을 하는 사람들이 출근 전이나 휴식 시간이나 영업 종료 후에 저마다의 빈속을 채우기 위해 찾아온다.

'이치아야'의 포렴을 걷고 들어서면 온화한 얼굴로 바뀌고, 미닫이문을 열고 거리로 나갈 때는 또다시 전장으로 향하는 얼굴로 돌아가는 것이다.

"가부키초는 유리아게와는 정반대예요."

가부키초에 온 이유를 물었을 때, 아카네가 맨 처음 했던 대답이다.

"센다이에도 가부키초랑 비슷한 고쿠분초라는 곳이 있긴 한데, 거기 있으면 누군가를 꼭 마주치고 말아요. 놀다 보면, 가족이 큰일을 당했는데 밤에 놀러나 다닌다는 소리를 듣죠. 음식점에서 일하면 안쓰럽다는 소리를 듣고. 내가 그랬다는 게 아니라 지인이 그런 말을 듣는 걸 봤을 뿐이지만……. 하지만 신주쿠는 크잖아요. 사람도 어마어마하게 많고. 모든 것이 사라져버린 토지를 보기도 싫었고, 반대로 질릴 정도로 사람이 많은 장소에 와보고 싶었죠. 술 마시러 오는 사람, 놀러 오는 사람, 일하는 사람, 제각각 다양한 사람이 엄청나게 많고, 모두들 이곳은 그런 장소라고 생각해요. 회사에서 못

마땅한 표정을 짓는 사람도 가부키초의 핑크카바레(성적 서비스로 접객하는 유흥업소 - 옮긴이)에 오면, 아가씨 가슴을 만져도 성희롱이라는 소리는 안 들어요. 돈을 매개로 다른 규칙에 따라 움직이는 거리. 있는 그대로의 나여도 되지만, 여기 와서 또 다른 내가 돼도 좋아요. 북적이는 인파 속에 파묻히고 싶어서 왔을 뿐이에요. 지진과 쓰나미 때문에 바다나 산으로 가도 치유되는 마음은 안 들 테니까. 자연의 무서움을 경험해버렸으니까. 발매기에서 표를 사서 야마노테선을 타고, 신주쿠에 내려서 누구와도 말을 섞지 않고 소고기덮밥을 먹고, 2층이나 3층에 위치한 찻집의 창가 자리에서 수많은 사람들을 내려다보고, 날이 저물어 온갖 빛깔의 조명이 밝혀지길 기다리죠. 비록 대화를 하지 않는 낯선 타인이라도 많은 사람들이 있다는 데서 치유를 받아요. 처음에는 용기가 좀 필요했지만 혼자 카운터 바에 가봤는데, 의외로 그곳을 편안하게 느끼는 스스로에게 놀랐어요. 그냥 혼자 조용히 내버려뒀으면 할 때는 가만히 내버려둬요. 얘기하고 싶을 때는 카운터 사람이 상대해주죠. 아아, 대도시는 좋구나, 친절하구나 싶었죠."

바텐더인 가나로서는 바라는 장소의 가치를 인정해주는

그녀의 말이 기뻤다.

"집과 직장과 추억의 물건을 잃었다고 해서 위로받고 싶진 않으니까. 위로해주면, 고맙다거나 힘을 내겠다는 말을 해야 하는 것도 성가셔요. 즐겁지 않죠. '요즘은 어때? 조금 나아졌어?'라고 물으면 무슨 대답이든 해야만 하는 게 고통이었어요. 실은 나도 잘 모르겠으니까. 몸은 아픈 데가 전혀 없어요. 마음도 노이로제에 걸리거나 하지도 않았어요. 그렇지만 도무지 의욕이 생기질 않아요. 그런데 힘이 안 나도 하루하루를 살아갈 수밖에 없잖아요. 진지하게 성실하게 대답하려 들면 대답할 수가 없으니까 상대가 납득할 만한 적당한 거짓말을 해요. 걱정해주는 건데, 안 그러면 실례니까. 미안하잖아요. 그래서 '괜찮아요, 힘낼게요'라고 대답하죠."

아카네는 감정을 죽이지 않으면 얘기할 수 없다는 듯이 아무런 표정도 없었다.

"사실은 힘낼 기력이 없어요. 그러니 거짓말이죠. 그래도 힘내겠다고 말해요. 그게 싫어서 도망쳤어요."

"나도 힘내라는 말을 무심코 해버리는데."

"그렇죠? 보통 하는 말이잖아요. 나도 반대 입장이었으면, 분명히 그랬을 거예요. 누구의 잘못도 아니에요. 선의니까.

그건 고맙죠. 하지만 괴로워요. 그래서 내가 먼저 그쪽에서 도망쳐야 한다는 걸 깨달았죠."

"가부키초는 마음이 편해요?"

"최소한 가만히 내버려두잖아요."

그녀는 자신의 선택을 확인하듯, 고개를 끄덕이며 대답했다.

미닫이문이 열렸다. 모두가 마사토 씨라고 부르는 사람이다.

얘기는 그쯤에서 끝났다.

마사토 씨는 호스트 출신인데, 지금은 가부키초에서 호스트클럽과 바를 몇 개나 경영한다. 머리가 좋은 사람이지만, 실은 마쓰오카 슈조(전직 프로 테니스 선수이자 스포츠 캐스터 및 해설자, 연예인으로 활동한다 - 옮긴이)처럼 사람이 마냥 좋아서 '힘내'라는 말을 가장 많이 할 타입이다. 게다가 좀 괜찮은 여자라는 생각이 들면, 같이 식사하러 가자는 말을 지나치게 많이 한다.

"면접을 보러 가면, 도쿄에 왜 왔느냐고 묻잖아요? 쓰나미 피해를 입었다고 대답하면, 아니나다를까 많이 힘들었겠다고 하더라고요."

그녀가 이제 슬슬 일을 찾아야겠다고 말한 것은 알고 있었다. 무기력한 채로 처음 한 달 남짓을 보내고, 드디어 일을 정했다고 하기에 이쪽에서도 광고업계에서 일하나 했는데, 클럽의 호스티스라고 했다. 의외였다.

색기를 흘리며 남자의 마음을 사로잡으려는 기색은 없는 사람이었고, 굳이 나누자면 지적이었고, 서로 반말을 쓰게 된 후로는 남자 같은 성격까지 엿보였다.

그러나 '이치아야'에 오는 남자 단골들에게 인기가 많아서 미닫이문을 열고 아카네가 없으면 들어오지 않는 사람, 끈질기게 유혹하다 누님에게 "출입 금지시킬 거예요"라는 주의를 듣는 사람, 그녀가 있으면 저급한 농담을 하지 않는 사람, 반대로 그런 농담을 연발하며 놀리려는 사람, 아무튼 그녀의 존재와 부재는 남자들의 태도를 너무나 노골적으로 변하게 했다.

남자를 끌어당기는 힘이 있는 사람이다. 그리고 자기에게 접근하는 남자를 일정 거리에서 더 이상은 못 들어오게 하는 기술도 터득한 것처럼 보였다.

"미인으로 태어나버린 나. 남자를 잘 다루는 방법을 익혀두지 않으면 살아갈 수가 없어"라는 말은 이 가게의 단골손님 중 한 명이자 솔로로 활동하는 연예인 '스테파니'(예명. 그녀는 아키타 출신의 토종 일본인이다 – 옮긴이)의 콩트에 나오는 고정 대사인데, 그 말은 분명 사실일 것이다. 수많은 남자가 접근하는 것 자체를 기뻐하는 여자는 자기가 남자를 조종한다고 착각할지 몰라도 결국은 남자에게 의존해버리게 된다.

"물장사 쪽은 출신지나 일하는 이유를 사실대로 말할 필요가 없으니까."

그것이 클럽 호스티스라는 일을 선택한 이유라고 했다.

"예를 들어 내가 '이치아야'의 누님이라면, 손님에게 자기 신상을 속이는 말을 하면 마음이 아프잖아요. 하지만 물장사나 유흥업소는 진짜 사정은 덮어두고, 허구인 나로 일할 수 있어요."

가부키초에서 일하는 직종에는 세간의 평판이 좋지 않은 일도 있다. 평판이 안 좋은 장소로 놀러 오는 손님도 있다. 이 지역에는 자신의 진짜 사정은 손님에게도 동료에게도 밝히지 않고 살아갈 수 있는 장소가 있다. 신과 같은 포용력, 속 깊은 마음이 이 지역의 다정함이다.

섹스나 연애의 가능성을 손님의 눈앞에 미끼로 매다는 일을 가명으로 하는 것도, 어쩌면 '진짜 자기'는 다른 장소에 넣어두는 게 가능하기 때문일 것이다.

"'카만베이비' 알아요?"(오카마의 '카마'를 'come on'에 빗대어 붙인 바

이름. 오카마는 일본에서 사용되는 성소수자의 멸칭으로 여성적 남성 동성애자, 여장

남자, 드랙퀸, 트랜스 여성, 성산업 종사자, 심지어 여성적인 이성애자 남성에 이르기

까지 온갖 개념이 뒤섞여 여성적 성향을 지닌 성적 소수자 전반을 지칭한다 – 옮긴이)

아카네가 오카마 쇼트바의 이름을 댔다.

"알아! 몇 번 가본 적 있어. 꽤 좋아해."

"그 사람들, 오후에 시네시티 광장 주변을 청소하잖아요."

"맞아. 가끔 홍보 전단지도 나눠주고."

가부키초의 중심인 신주쿠 도호 빌딩 앞 광장 주변에서 여
장 남자들이 가게 이름이 적힌 번호판 같은 것을 달고 매일
같이 청소를 한다.

"그 전단지를 받았어요. 그랬더니 전단지 밑에 구인 광고
가 있더라고요. '정말로 의욕이 있는 사람, 누구나 오세요. 미
경험자라도 각오가 있는 당신을 고용합니다.' 그렇게 쓰여
있었어요. 좀 멋지잖아요."

가나는 그것을 멋지다고 말하는 아카네가 멋지다는 생각
이 들었다.

"그 가게는 사회 공헌을 어필하잖아. 매일 거리 청소를 하
면서. 사장이 음식진흥회의 임원이기도 하고. 그건 그렇고,
무대에서 조명을 받으면 괜찮은데 해 지기 전에 거리에서 보

면 메이크업이 정말 장난 아냐."

"학교 축제 때, 남학생이 장난삼아 여장한 느낌이랄까."

어린애 같은 남자를 뜨뜻미지근하고 냉소적인 시선으로 지켜보는 엄마 같은 표현을 썼다.

"우리 학교 축제 때도 남학생 기숙사 애들이 치마 같은 걸 빌리러 왔어."

"빌려줬어요?"

"치마는 빌려줬지. 구두는 사이즈가 무리였고. 브래지어도 빌려달래서 한 대 때려줬지만."

"하하하. '카만베이비' 사람들도 매일같이 일하면서 진지하게 학교 축제를 한다니까요."

아카네가 크극 하고 웃었다.

"일하면서 학교 축제라."

"부끄럽다는 마음만 버릴 수 있으면, 그런 일도 가능하겠다 싶었어요."

"본 적 있어?"

"어제, 보러 갔어요."

"어머, 갔구나!"

"굉장히 재밌었어요. 바보스럽긴 해도 이따금 매우 진지했고, 춤과 노래도 상당히 괜찮아서 학교 축제 수준은 훨씬 넘어섰고."

"진짜 재밌지, 그 가게."

"오늘 오후에 또 한 번 다녀왔어요."

"어? 오후에? 밤 8시에 오픈하잖아."

"구직활동이었어요. 일하고 싶은데, 여자는 안 되느냐고."

"어머머!"

이 친구, 정말 대단하네.

"대학 때, 학교 극단 활동을 해서 노래랑 춤도 좀 할 수 있고, 목소리가 낮은 편이라 여자인지 모르게 할 수 있을 것 같아서."

"그랬어? 나도 연극했는데."

"진짜요?"

"응. 그래서 가설극장 같은 그 크기가 왠지 더 정겹게 느껴지더라."

"그러게요. 무대에 서고 싶은 마음도 생기고……. 그런데 여자는 안 된대요. 대기실이 하나뿐이라."

"그야 그럴 테지. 대기실이 두 개 있을 리 없고, 있다고 해도 안 되겠지. 진짜 여자가 나가면, 쇼 콘셉트랑 안 맞잖아."

"극단 시절에는 대기실에서 남녀가 같이 옷을 갈아입었다며 매달렸는데도 역시나 안 된대요. 그래서……."

그건 분명 무리다.

"그래서 나도 유리아게 출신이라고 했더니, 그럼 얘기를 한번 찬찬히 들어보자고 하더라고요."

"어머, 거기랑 유리아게랑 관계가 있었구나."

"쇼 마지막에 출연자를 소개하잖아요. 놀랍게도 그중 한 명이 유리아게, 다른 한 명은 미나미소마 출신이었어요."

"대단한 기적이네."

"그렇죠?"

"미나미소마는 후쿠시마에 있지?"

"맞아요. 원자력발전소 바로 옆이라 일부가 피난 지역으로 지정된 곳이에요. 쇼가 끝난 후에 그 두 사람이 우연히 내가 앉아 있는 테이블로 온 거예요. 둘 다 동일본 대지진으로 재난을 입어서 집과 직장을 잃어버렸대요. 가설주택에서 보조비나 받으며 가만있는 게 싫어서 상경했대요."

"너랑 똑같네."

"대부분 비슷해요. 마을이 통째로 휩쓸려버렸기 때문에 몇 년 지나서 같은 장소로 돌아가도 어쩔 수 없다고들 하더군요. 그래서 돌아갈 마음도 없고, 누가 뭘 해주길 기다리기보다는 빨리 자기 힘으로 새로운 인생을 만들어가는 게 낫다는 생각이 들죠."

"모두 마을로 돌아가면, 새로 지은 집에서 예전처럼 살아갈 수 있을 텐데."

"그렇죠. 하지만 그건 불가능할 거예요. 어딘가로 이주해서 몇 년간 살다 보면, 그곳 생활이 자기 삶이 되죠. 아이는 학교에 들어가요. 새 직장에 다니게 되고요. 새로운 친구, 새로운 이웃과 사귀어서 새로운 관계망 같은 게 생겨서 그곳을 버리고 고향으로 돌아가도 그곳은 위도와 경도가 같을 뿐, 예전과는 다른 마을이에요."

그렇다. 마을은 그곳에 사는 사람들이 있기에 비로소 성립되는 것이다.

"슬픈 얘기네."

"테이블에서 미즈와리(물을 타서 묽게 한 술 - 옮긴이)를 만들어주면서 그런 얘기를 들려줬어요. 아주 밝은 말투로."

"굉장히 심각한 얘기를 여장 남자가 언니들 말투로."

"나는 영문도 모른 채 도망쳐 왔지만, 제대로 된 생각을 가진 사람이 있구나 싶었죠. 듣고 보니 그 말이 맞잖아요. 그래서 왠지 꺼림칙하고 갑갑했던 마음이 뻥 뚫려서 나도 제대로 된 인생을 다시 만들어가야겠다는 생각이 들었어요."

"오카마 술집에서 기운을 얻었단 뜻이네."

"그런 일도 있네요."

"쇼 마지막에 도호쿠에서 재난을 입었다고 소개하는 셈인데, 그 사람들은 괴롭지 않을까?"

"글쎄요, 과연 어떨지. 테이블에서 대화를 할 때도 자기 자신을 이야깃거리로 삼는 분위기던데."

"늠름하다."

"정말 늠름하죠."

그녀가 잠깐 스마트폰을 만지작거렸다.

"자요, 이것 좀 보세요."

스마트폰 화면을 내밀었다.

"왠지 힘이 나서 집에 가서 '카만베이비' 웹사이트를 찾아봤더니, 이런 게 나오지 뭐예요. '지진 재해 이재민 적극 채용'이라고."

　　지진 재해 이재민 적극 채용!

　　도쿄로 도망쳐 온 남성 여러분,

큰맘 먹고 '카만베이비'에서 일해보지 않으시겠습니까?

초보자 환영.

경력 불문.

논게이non gay도 전혀 상관없음.

노래도 춤도 (화장도!) 알려줍니다.

안심하세요.

사무나 무대 스태프 업무도 있습니다.

희망자에게는 기숙사(맨션 룸셰어)도 제공합니다.

신주쿠 가부키초는 뭐든 해보겠다는 각오로 열심히 노력하면, 반드시 기회가 찾아오는 다정한 거리입니다.

가나는 처음에는 재미있어서 웃었다.

그런데 몇 번씩 되풀이해 읽다 보니 마음이 진지해졌고, 눈물을 살짝 글썽이기도 했지만 살며시 기쁨이 샘솟았다.

자요, 이것 좀 보세요, 라며 스마트폰을 내민 아카네는 숨을 죽이고 조용히 가나의 반응을 살폈다. 그러다 마지막에 가나가 미소 짓는 모습을 보고서야 안심이 되었는지, 숨을 천천히 크게 들이마셨다 다시 내뱉었다.

그런 아카네를 보자 이번에는 가나의 마음이 놓였다.

"그래서 '카만베이비'로 쳐들어가서 일자리를 구하려고 했구나. 남성 여러분 모집인데."

그렇게 말하자 아카네는 기쁜 듯이 고개를 끄덕였다.

"그 가게에서 일하면, 충격에서 벗어나 다시 일어설 수 있을 것 같은 기분이 들었어요."

"그런 마음이 든 시점에서 이미 절반은 다시 일어선 거 아닌가?"

"살짝 그런 기분도 들긴 해요."

그리 간단하진 않다.

물론 그건 알지만, 뭐든 그녀의 마음에 자연스럽게 녹아들 수 있는 말로 격려해주고 싶었던 것이다.

물장사 일이라도 괜찮겠냐고 거듭 확인한 후, 괜찮다는 대답을 들은 '베이비'의 마담은 같은 조합의 임원이 경영하는 '클럽 뮤즈'에 그녀를 소개해주었다고 한다.

가짜 오카마로 일하겠다는, 무모하다고도 할 수 있는 도전정신으로, 아카네는 자기 인생의 새 문을 안간힘을 다해 힘겹게 열었다.

원래 미인인데다 머리도 좋다.

게다가 오카마도 마다하지 않는 각오가 서 있다면, 이매망

량魑魅魍魎(온갖 도깨비 - 옮긴이)이 뒤섞인 이 지역에서도 잘 헤쳐 나갈 수 있겠지.

"아카네짱, 오늘도 안 왔어?"

격자 미닫이문을 반쯤 열고 사토 씨가 얼굴을 내밀었다.

아카네가 지진 재해 직후에 이 가게에 나타나 단골손님이 된 지 어느덧 7년이 지났다. 견습생이었던 나도 지금은 교대 근무를 하는 수석 바텐더를 맡고 있다.

그녀는 맨 처음 반년가량은 적금을 깬 돈으로 생활했다. 행동은 밝았지만, 지진 재해의 충격으로 긍정적인 마음을 갖기 어렵다고 말했다. 그런데 '클럽 뮤즈'에서 호스티스를 시작한 후로는 정말로 이 거리에 익숙해진 것 같았다. 자신의 거처를 찾아내는 것은 그만큼 중요하다.

그런데 석 달 전에 볼일이 생겨서 유리아게에 잠깐 다녀와야겠다고 한 뒤로는 가게에 발길을 뚝 끊었다.

아카네가 매일 올 때는 짐짓 무게를 잡고 무관심을 가장했던 남성들도 차츰 아카네의 팬이었음을 커밍아웃하기 시작했다. 사토 씨도 그중 한 사람이다.

"이봐요, 얼굴만 빠끔히 내밀지 말고 가끔은 밥도 먹고 가야지. 우리는 엿보는 방이 아니라 식당이야. 아이참, 문을 더 활짝 열어야 그 큰 덩치가 들어오지!"

가차 없는 누님의 기세에 눌린 사토 씨가 자리를 잡았고, 고등어된장조림 정식을 시켰다.

"밥은 곱빼기로."

"알거든요."

사토 씨는 체중이 무려 100킬로그램이 넘는 거구의 호스트다. 호스트는 으레 늘씬한 꽃미남이라는 통념이 굳어졌지만, 그 규격에서는 벗어난다. 그런데도 나름대로 수요가 있는지, 딱 한 번 넘버원 자리에 오른 적도 있는 듯하다. 다만 그 후로는 "넘버투는 안 될까요?"를 트레이드마크로 내세우며 대부분은 4번이나 5번 정도의 위치를 유지한다는 게 본인의 변론이다.

"시골로 돌아간 것뿐이라면 괜찮겠지만."

"그럼 잘된 일이지. 하지만 그런 거라면 말없이 사라지지 말고 우리한테 인사 정도는 해도 되잖아."

"'클럽 뮤즈'에는 나오나?"

"맞다. 일단 거기가 먼저겠네."

"사토 씨, 가서 한번 알아봐요."

"근데, 거긴 고급 가게라서."

"당신, 호스트잖아. 당신 가게에서도 손님한테 비싼 돈을 받으니까, 그 정도는 있을 거 아냐. 아카네 팬클럽 회장이면 그 정도 노력은 해야지."

"멋대로 회장 만들지 말아요."

말은 그러면서도 아주 싫은 기색은 아니었다.

"쇠뿔도 단김에 빼라고 했어."

"맞아요. 아무 말도 없이 안 오는데, 소식을 아는 사람이 한 명도 없다니, 그건 이상해요."

고등어된장조림을 다 먹은 사토 씨가 자리에서 일어나서 그날은 그쯤에서 얘기가 끝났다.

나흘 후, 사토 씨한테 전화가 왔을 때, '이치아야'의 카운터는 손님으로 가득 차 있었다.

"'뮤즈'는 단골이 아닌 첫손님 자격으로는 받아주질 않는 술집이고, 가자마자 불쑥 호스티스 소식부터 물으면 수상쩍게 여길 게 빤하잖아요. 우리 가게에 딱 한 번 온 손님 중에 '뮤즈'에서 일한다고 했던 사람이 떠올라서 그 사람을 담당했던 우리 호스트한테 대신 좀 물어봐달라고 부탁했어요. 아카네짱이라고 했더니 그런 사람은 일한 적이 없다고 하더랍니다. 그래서 그럴 리 없다, '카만베이비' 사장 소개로 들어간 도호쿠 사람이라고 했대요. 그랬더니 그제야 '아하, 그럼 유리아짱이네'라고 했다는군요."

그렇지. 가명으로 일했을 테니까.

"그래서 결론은?"

"'뮤즈'도 석 달 전부터 쉬고 있대요."

"쉬고 있다면, 그만둔 건 아니네?"

"일단은 그런 셈이지만, 이 업계에서는 뭐라고 단정할 순 없죠. 그대로 안 나오는 경우도 허다하니까. 그 아가씨를 찾는 손님을 잡아두려고, 그만뒀다고 하지 않고 잠깐 쉰다고 했을 수도 있고요."

"그렇구나. 뭐 어쨌든 조금이나마 소식을 알게 돼서 다행이네. 정말 고마워요."

'이치야'에 발길을 끊은 동시에 '클럽 뮤즈'에도 출근하지 않는다. 잠깐 쉬는 건지 그만둬버린 건지는 확실치 않지만, 모습을 드러내지 않는 시기가 일치한다면, 일단 유리아게로 돌아갔다는 말은 사실로 받아들여도 좋을 것 같았다.

'이치아야'에서는 우리와 본명으로 교제했으니, 우리한테 거짓말을 했을 리 없다고 믿고 싶은 심정도 있었다.

그렇게 생각하자 이번에는 다들 왜 그럼 아무 말도 없이 소식을 끊었는지 걱정이 되기 시작했다.

'이치아야'에 오는 것은 일도 의무도 아니다. 한동안 얼굴을 안 보이는 경우는 흔하디흔하다. 2주일 정도면 신경도 쓰지 않는다. 한 달이 돼도 '그럴 수도 있지'라며 신경 쓰지 않으려 했다. 그런데 두 달이 되자 무슨 곤란한 일이라도 생겼나 걱정이 되기 시작했다.

'이치아야' 카운터에서도 아카네가 화제에 오르는 시간이 차츰 늘어났다.

첫차로 집에 돌아갈 때 야마노테선의 플랫폼에서 비슷한 사람을 보았다. '열녀바'라는 곳의 넘버원이 아카네라는 사람인 것 같다. 얼마 전 신문에 났던 잡거빌딩 옥상 물탱크에서 발견된 사체가 혹시……. 신주쿠 중앙공원의 노숙자 천막에 부부가 사는 듯한데, 설마…….

정보를 모으려는 와중에, 대부분은 농담이랄까, 누군가가 재밌고 우스운 창작을 시작해서 얘기는 그쯤에서 끝나곤 했다.

그런 불길한 결론이 나지 않도록 얘기를 일부러 픽션 쪽으로 돌리는 사이, 시간은 어느덧 석 달이 흘러가버렸다.

사람들은 이제 아카네의 소식에 관한 얘기를 별로 꺼내지 않지만, 여전히 "요즘 아카네짱 와요?"라고 누님에게 묻는 사람은 남녀를 불문하고 존재했다.

사토 씨가 '클럽 뮤즈'에 아카네가 나오는지 알아보기로 했다는 소식이 단골손님들 사이에 퍼졌기 때문에 어제부터는 한동안 뜸했던 사람들까지 교대하듯 잇달아 가게를 찾았고, 지금도 가나가 사토 씨랑 전화 통화하는 내용에 카운터의 모든 사람이 귀를 쫑긋 세우고 있었다.

"정말로 아예 유리아게로 돌아갔는지도 모르겠군. 가본 적이 없으니 잘은 모르겠지만, 이제 많이 복구됐을 테니까. 언제까지 재해 지역이니 이재민이니 하는 타령만 할 수도 없을 테고."

모리토시 씨가 웬일로 입을 열었다.

"역시 그럴까."

그렇게 생각하니 서운한 마음도 들었지만, 나고 자란 고장으로 돌아갔다면 그건 잘된 일이다.

"그런 거면 그것도 확인해보고 싶긴 해."

누님이 말했다.

"그런데 우리는 그쪽에 연고가 전혀 없잖아."

"어쩌면……."

"무슨 방법이라도 있어?"

"'카만베이비'에 재해 지역에서 온 사람이 있다고 했지."

"맞아, 그랬지. 어쩌면 뭘 알고 있을지도 모르겠네. 아직 그 가게에서 일한다면."

별 기대는 할 수 없다. 그렇지만 그것이 유일하게 떠올릴 수 있는 가능성이었다. 지푸라기라도 잡아보는 게 낫다.

모두의 얼굴에 희망의 빛이 떠올랐다.

"오늘은 금요일이라 미드나이트 쇼가 있어."

정확하게 말하면, 현재 시각은 토요일 새벽 1시 전. 인터넷으로 조사해보니 주말 한정으로 1시 30분부터 세 번째 쇼를 한다고 나왔다. 막차보다 늦은 시간에 라이브 쇼를 시작하다니, 가부키초는 정말 대단한 곳이라는 생각이 새삼 들었다.

"'지진 재해 이재민 적극 채용'이라는 광고도 여전히 하네."

한 사람이 스마트폰을 들여다보며 큰 소리로 말했다.

그렇다면 새로운 사람이 왔을 가능성도 있다. 뭐든 상관없다. 어떻게든 연줄을 찾고 싶었다.

'카만베이비'의 쇼를 보러 가기로는 했지만, 새벽 1시는 다들 일하기 전이거나 중간에 빠져나온 사람이라 결국 실제로 갈 수 있는 사람은 일을 일찍 마친 가나뿐이었다.

"특명전권대사로 잘 좀 부탁드립니다."

영문 모를 말로 떠밀리듯 배웅을 받은 가나는 '카만베이비'로 향했다.

헛걸음이라도 좋아. 쇼는 틀림없이 즐거울 거야. 지나친 기대는 하지 말자.

오랜만에 본 쇼는 전보다 수준이 향상되어 있었다.

춤을 추는 사람들 중에 아카네가 만났다는 이재민이 있을지도 모른다. 그런 생각을 하며 보았지만, 물론 노래나 춤으로 구별할 수는 없었다.

시간 가는 줄 모르고, 웃었다 눈을 휘둥그레 떴다 하다 보니, 쇼는 어느새 피날레를 맞았고, 단장이 출연진을 소개하기 시작했다.

아케미, 가차코, 카망베르, 줄리안, 쿤타킨테…… 잇달아 엉터리 이름들이 소개되었다.

지나치게 빨갛고 지나치게 큰 입술에 손을 얹고 화려한 포즈로 키스를 날리는 사람, 심하게 긴 속눈썹으로 윙크를 하는 사람, 빈 사교계에 데뷔하는 유명 인사처럼 고상하게 무릎을 접고 고개를 살짝 기울이며 미소 짓는 사람, 그리고 그 뒤에서 치마를 들치다가 부채로 머리를 얻어맞는 사람.

단장이 소개할 때마다 저마다 최후의 볼거리를 연출하며 관객들의 웃음을 이끌어냈다.

물론 모두 남자다.

햇살이 비치는 곳이라면, 버겁고 역겨울 수도 있다.

그런데도 이곳에서는 빛나 보였다.

자신감 넘치게 연기했다.

환하게 웃는 얼굴을 선보였다.

여기서 일하는 것을 부모나 친척에게는 비밀로 했을지도 모른다. 이혼해서 아내가 데리고 가버린 아들이나 딸에게는 도저히 보여줄 수 없다고 생각할지도 모른다. 배우를 지망한 극단 연습생이었을지도 모른다. 일을 마치고 집으로 돌아가면 지극히 평범하고 다정한 아빠일지도 모른다. 가게 동료에게 푹 빠졌다가 남자랑은 연애할 수 없다는 거절에 깊은 상처만 남았을지도 모른다.

평상시에 이 사람들을 만나면 어떤 차림일까.

특별 할인하는 폴로셔츠에 치노팬츠. 유니클로 청바지. 바나나리퍼블릭 재킷. 아오야마에서 파는 슬랙스. 꼼데가르송의 검정색 셔츠. 체 게바라의 얼굴이 그려진 낡아빠진 티셔츠.

흔히 보는 보통 사람들처럼 그저 평범하게 거리에 녹아들어 있을까.

늦은 오후 시간이 되면, 그들의 일이 시작된다.

가게에서 옷을 갈아입고, 센트럴로드에서 시네시티 광장을 청소하며 다니고, 언니들 말투로 전단지를 돌린다.

가게로 돌아간 그들은 어떻게 지낼까.

무대에서 새로운 공연을 익히고, 그것이 끝나면 아직은 아무도 없는 객석에서 어떤 사람은 노래 연습, 어떤 사람은 콩트 대사를 외운다. 요란한 소리를 내는 업무용 청소기로 바닥 청소를 한다. 배달 온 생맥주 통을 탭에 연결한다. 작업용 접사다리를 들고 와서 수명이 다 된 천장의 전구를 교환한다. 비좁은 대기실에서 시시한 대화를 하며 교대로 메이크업을 한다.

그렇다. 극단 단원들은 배우든 스태프든 가설극장에만 넣어주면 뭐든 다 한다.

그리고 오후 9시, 쇼가 시작된다.

피날레 후에는 땀을 닦고, 화장을 고치고, 손님 테이블에 않는다. 미즈와리를 만든다. 손님이 술을 권하면, 자기가 마실 미즈와리는 연하게 탄다.

같이 사진을 찍는다. 진실인지 거짓인지 모르겠지만, 손님이 원하면 자기 신상 얘기를 한다.

숨 돌릴 겨를도 없다. 정신없이 밤이 깊어간다.

'초보자 환영.'

'경력 불문.'

'논게이도 전혀 상관없음.'

'노래도 춤도 (화장도!) 알려줍니다.'

'신주쿠 가부키초는 뭐든 해보겠다는 각오로 열심히 노력하면, 반드시 기회가 찾아오는 다정한 거리입니다.'

그런 문구에 기회를 찾아 여장하는 일을 선택한 사람들.

미러볼이 돌아가기 시작했다.

"그리고 마지막 출연자를 소개합니다. '카만베이비' 8년차, 지금은 완전히 익숙해진 쓰나미가 낳은 엔터테이너! 오늘의 센터 역할을 맡은 유리아게 유리!"

소름이 돋았다.

지금 분명 유리아게라고 했지? 유리라고 했잖아, 맞지?

방심했다.

어떡하지. 저 사람이랑 꼭 얘기를 나눠야 해.

가나는 객석 테이블을 헤치며 맨 앞줄로 나갔다.

지갑에서 꺼낸 1만 엔짜리 지폐를 흔들어 보였다.

유리 씨가 가나를 발견하고 다가왔다.

한쪽 무릎을 꿇고, 몸을 앞으로 숙였다.

활짝 벌어진 드레스 사이로 드러난 진홍색 브래지어 틈새에 세로로 접은 1만 엔짜리 지폐를 찔러 넣었다.

그 순간이었다.

뒤에서 가나의 이름을 부르는 소리가 들렸다.

돌아보니 아카네였다.

아카네 옆에는 남자가 서 있었다. 그 남자가 무대를 향해 다가왔다.

"야마다! 너, 야마다 맞지? 나야! 나토리니시 고등학교의 오이카와야. 오이카와 히로키라고!"

"어어엇!"

유리아게 유리가 우렁찬 외침 소리와 함께 무대에서 내려왔다. 그리고 두 사람은 가나 바로 옆에서 서로 끌어안았다.

"작년에, 엄마가 아버지 사망신고를 했어요."

오랜만에 돌아온 '이치아야' 카운터에서 아카네는 무거운 얘기를 꺼냈다.

"너무 애석한 일이네요. 병으로?"

"아뇨, 쓰나미로 줄곧 행방불명이었어요."

"……."

재해에 관해 얘기했을 때, 그녀는 자기 가족에 관한 말은 하지 않았다.

"통상적으로는 행방불명된 지 7년이 지나면, 법원에 실종신고를 할 수 있어요. 그러면 사망한 것과 동일한 대우를 받죠. 다시 말해 보험금을 타거나 유산상속을 할 수 있게 된다는 뜻이에요."

"7년이나 걸리는구나."

"아뇨, 지난번 재해로 재난을 입은 사람은 특별 조치가 적용돼서 그해 6월에 사망신고를 할 수 있었어요."

지진이 3월 11일에 발생했으니, 3개월 후인 셈이다.

"가족의 죽음을 언제 받아들일지 스스로 결정을 내리는 건 너무 힘든 일이에요."

아카네의 얼굴이 갑자기 일그러졌다. 지금까지 그녀가 우는 모습을 본 적은 없었다.

"사망신고를 하면 보험금도 나와요. 토지를 상속해서 처분할 수도 있고. 하지만 시신도 없는데, 죽었다고 실감하긴 불가능하잖아요."

완전히 울먹이는 목소리로 변했다.

"보통은 차디찬 손이나 얼굴을 만지고 생명이 끊긴 걸 실감하고, 그때부터 장례 계획을 세우고, 불단을 만들고, 검은 테를 두른 액자 속에 영정 사진을 넣잖아요. 많은 사람들이 찾아오고, 계속해서 돌아가셨다는 소식을 전하고, 영구차의 문을 닫고, 화장장에서 이별을 고하고, 유골을 담고…… 그러면서 죽어버렸구나, 이젠 영영 사라졌구나 조금씩 마음으로 받아들이는 거잖아요. 그런데 아버지는 아침에 같이 식사를 하고, 활기차게 손을 흔들고, 차를 타고 나간 뒤로 돌아오질 않았어요. 어디에 있다가 쓰나미에 삼켜졌는지도 몰라요. 그런데도 죽었다고 받아들일 수 있나요? 아니, 분명 죽었겠죠. 머리로는 틀림없다고 생각해요. 그렇지만 엄마는 사망신고를 할 수가 없었죠. 그렇다 보니 우리 가족은 어느 날부터 공백을 품은 채로 살 수밖에 없었어요. 아버지가 살아 돌아올 가능성은 이제 털끝만큼도 없다. 그걸 아는데도 아버지가 죽었다고 인정할 순 없었죠. 오빠나 내가 엄마를 설득하면 좋았을 거예요. 그런데 도망쳤죠. 아버지는 이제 안 돌아온다고 엄마한테 말하기가 괴로워서 말을 안 했어요. 말할 수가 없었죠. 그런데 어떻게 된 영문인지 작년 9월이 되자 엄마가 갑자기 아버지의 사망신고를 했어요. 올해 3월이면 특별 조치가 아니라 통상적인 7년이 되는 시기였어요. 어쩌면 자동적으로 7년을 맞지 않고, 자신의 의지로 결정하고 싶은 마음이 싹텄는지도 몰라요. 다행이다, 우리 가족은 이제야 가까스로 지진 재해 피해자에서 탈피해 앞을 향해 걸어갈 수 있다, 그렇게 생각했죠. 그런데 이번에는 오빠가 문제를 일으켰어요. 보험금과 유산을 나눠서 우리 남매 각자에게 670만 엔씩 돈이 들어왔어요. 오빠는 그 돈을 반년 만에 다 날려버렸죠. 도박이었어요. 그뿐만이 아니라, 오히려 300만 엔가량 빚까지 졌더군요. 오빠를 비난하고 싶진 않아요. 이루 말할 수 없는 중압감과 스트레스가 있었을 거예요. 난 재빨리 도쿄로 도망쳐버렸지만, 오빠는 그 절망적인 곳에 머물면서 엄마를 지켜드렸으니까."

고향을 '절망적인 곳'이라고 표현하는 아카네의 말에 가슴이 옥죄어들었다.

"300만 엔이면 일해서 못 갚을 액수는 아니죠. 하지만 사람들은 도박으로 진 빚을 열심히 일해서 갚을 생각을 안 하잖아요. 경제 상황이 마이너스가 돼버리자 일할 의욕마저 다 잃어버린 모양이에요. 모른 척할 수가 없었어요. 저에게는 혼자만 도망쳤다는 부채 의식도 있었어요. 내가 받은 670만 엔은 손도 안 대고 고스란히 남아 있었으니까 빚은 바로 갚을 수 있었죠. 가족의 긴급사태였어요. 남의 일처럼 나 몰라라 할 수는 없었죠. 여러분이 그렇게 많이 걱정해주실 줄은 몰랐어요. 결과적으로는 아무 말도 없이 종적을 감춰버린 셈이 됐네요, 죄송해요. 하지만 오빠의 마음이 여전히 좌절된 상태라면, 또다시 빚지는 생활로 돌아가버릴 게 불을 보듯 훤했어요. 그대로 내버려둘 순 없었죠. 그래서 내 돈을 다 줄 테니 도쿄 신주쿠 가부키초에서 놀러나 다니라고 잡아끌고 왔어요. 막차가 끊겨버린 후의 거리에는 신이 있어서 달리 갈 곳이 없는 사람들을 보살펴주는 기분이 들었거든요. 가부키초의 그런 따스함에 기대를 걸었던 걸까요. 여동생인 내가 설교하면, 오히려 반발할 것 같았어요. 그래서 내가 '카만베이비' 사람들을 보고 기운을 차렸듯이, 오빠가 조금이라도 긍정적인 마음을 가질 수 있는 계기가 됐으면 좋겠다, 그런 생각에, 그래서 오늘밤에 내가 오빠랑 같이 그 가게를 찾았던 거예요."

"오빠랑 유리아게 유리 씨가 고등학교 동창이라고 엄청 신났던데."

"도망쳐 왔어도, 다 버리고 왔어도 동창이니 동향이니, 태어난 곳에서 완전히 벗어날 순 없나 봐요. 나도 '클럽 뮤즈'에서 유리아라는 이름을 쓰니까."

유리아, 유리아게의 유리아.

"그 두 사람, 지금쯤 신바람이 나서 니초메라도 가지 않았을까?"

"공연 팁으로 준 1만 엔이 지금쯤 술값으로 날아갔을 걸요."

"공연 팁이란 생각은 없었어. 마침 1,000엔짜리가 딱 떨어져서 그랬지."

"좀 아깝게 됐네요."

"그 덕분에 아카네랑 재회할 수 있었으니 다행이지."

"아카네쨩!"

미닫이문이 열리는 소리와 동시에 우렁찬 외침이 들려왔다. 사토 씨였다. 얼굴만이 아니라 100킬로그램짜리 거구가 다 보였다.

"어서 와. 대체 어디 갔었어?"

"다녀왔습니다. 아 네, 잠깐 좀……."

"할 얘기가 너무 많이 쌓였다. 밥이라도 먹으러 갈까?"

사토 씨가 싱글벙글 웃었다. 타산적이긴.

"그런 실례되는 말이 어딨어. 우리도 식당인데."

누님이 웃었다.

"사토 씨, 아카네짱 찾느라고 경비가 3만 엔이나 들었는데, 정산 좀 해줄래?"

그러면서 아카네에게 한쪽 눈을 찡긋해 보였다.

"몇 푼 안 되네."

"아무래도 프랑스 요리가 좋겠지."

"이제 곧 첫차가 움직일 시간이야. 제아무리 가부키초라도 이 시간에 영업하는 프렌치 레스토랑은 없어. 이탈리안 레스토랑은 한 군데 아는 곳이 있지만."

"그럼 어쩔 수 없으니 이탈리안으로 가죠."

밖은 환해지기 시작했다. 8월의 마지막 금요일 밤이 밝았다.

이탈리안 레스토랑이라면, 영업하는 가게를 안다. 글라스 와인이 100엔인 그 가게에서 셋이 3만 엔을 쓰긴 힘들 것이다. 고작해야 공연 팁으로 준 1만 엔 정도다.

전철 첫차 시간에 맞춰 역으로 향하는 사람들이 나비떼처럼 꼬리를 물고 이어졌다.

가나와 아카네는 사토 씨에게 애교를 부리는 척하며 양쪽에서 팔짱을 꼈다.

사토 씨는 그야말로 하늘을 나는 기분이었다.

· 제4화 ·

막차의 여왕

컴퓨터 앞에 앉아 일을 하고 있는 아이다 가즈야의 휴대전화가 울렸다.

"미안해, 이렇게 늦은 시간에."

귀에 익은 목소리다. 다만 꽤 오랫동안 듣지 못했다.

"안 잤어?"

컴퓨터 화면 오른쪽 구석의 시계 표시는 오전 1시 18분이었다.

"어어, 평소처럼 깨어 있지."

"다행이다. 가즈야라면 아직 안 잘 줄 알았어."

친한 척하는 허물없는 말투가 거슬렸다.

"자고 있었으면, 지금쯤 화가 머리끝까지 치솟아서 바로 끊었지."

"하지만 넌 1시 전에 잠자리에 든 적이 없는 사람이잖아."

분명 맞는 말이었다.

"집이야?"

"어어, 절찬 업무 중."

"연구실에서 나와서 취직했다는 얘기는 들었어."

"응, 그쪽은 잘 지내?"

"뭐, 그럭저럭."

"그럭저럭이라니, 어떻게 지낸다는 소리야?"

"그냥저냥 무사하단 뜻이야."

서로 속을 슬쩍 떠보는 분위기의, 정보라곤 전혀 없는 대화였다.

"가즈야, 넌 건강해?"

"아플 여유가 없다."

"하긴 안 바쁘면, 너답질 않지."

"술 마셨어?"

"조금 전까지 신주쿠에서 마셨어. 하지만 나치고는 일찍 마무리했지."

"그렇군. 벌써 집이야?"

지금도 그 집에 산다면, 가장 가까운 역의 막차는 이미 끊겼다. 침대로 파고드는 그녀의 근육질 등의 윤곽을 떠올리자 가슴이 뭉근하게 아렸다.

"그러면 좋겠지만, 그냥 평소대로 할 걸 괜히 너무 일찍 마무리했나 봐."

"지금 어딘데?"

"사루하시라는 곳이야."

"옛날 생각 나네. 요쓰야에 있는 그 어묵집인가?"

가부키초에서 마시고 아라키초까지 걸어가면, 2시까지 문을 여는 작은 가게가 있었다. 마리와 사귀기 시작했을 무렵에는 아라키초에 살았기 때문에 입가심을 하려고 들르곤 했던 가게다.

"그건 '사노하시'지. 그러고 보니 비슷하네. 여긴 사루하시야. 원숭이 다리猿橋라고 써. 역 이름이야."

"들어본 적 없는 역인데."

"나도 이런 역에 내린 건 처음이야. 오쓰키보다 한 정거장 앞이야."

또야, 라는 말을 애써 삼켰다. 오쓰키라면…… 으음, 분명

야마나시 현이다.

"또 저질렀어?"

결국 '또야'라는 말을 내뱉고 말았다.

"네, 정답! 또 저질렀어요. 그냥 막차 시간까지 마셨으면, 최악이어도 다카오였을 텐데. 역시 사람은 안 하던 짓은 하는 게 아니네."

마리는 '막차의 여왕'이라 불렸다.

일단 마시기 시작하면, 반드시 막차까지 끝장을 보려 한다. 주위에서 체력이 무진장하다는 말을 듣는 모양인데, 분명 그 무렵에는 무슨 일에나 적극적이었고 몸을 걱정하는 기색은 털끝만큼도 없었다.

"왜 오쓰키가 아니고 사루하시야?"

그녀가 사는 고쿠분지 역의 막차는 다카오행이지만, 조금 앞 시간에는 도요타행과 오쓰키행이 있다.

"앞에 앉은 좋아 죽던 커플이 오기쿠보에서 내리더라. 그래서 운 좋게 자리에 앉았지. 그런데 조심성 없이 깜빡 잠이 들어버린 거야. 피로가 쌓였겠지. 오늘도 아침부터 60분짜리 수업을 네 개나 했거든. 강사 한 명이 쉬는 바람에 한 시간만 더해달라고 부탁하는데, 거절할 수가 있어야지. 옛날 같았으면 진짜 식은 죽 먹기였는데 말이야."

에어로빅을 하루에 네 시간이나 가르치다니, 나의 상상을 초월했다. 마리는 나와 동갑내기로, 서른세 살이다.

"그러다 눈을 딱 떴는데, 전철 문이 막 열리는 거야. 낯선 역인 건 금방 알았지만, '자다가 내릴 역을 지나쳤다, 큰일났다'며 허둥지둥 내려버린 거지. 정말 최악이야."

사귄 지 얼마 안 되었을 때였다. 자다가 역을 지나쳐서 고생했다면서 다카오에서 집이 있는 고쿠분지까지 타고 온 택시 영수증을 보여준 적이 있다. 사귄 후로는 몇 번이나 다카오까지 차로 데리러 간 적도 있다.

"최악이긴 하다. 차라리 오쓰키까지 가버리는 게 낫겠다."

"인정사정없는 그런 면은 여전히 변함이 없네."

오쓰키가 어떤 곳인지 전혀 모른다. 그러나 적어도 사루하시보다는 이름이 알려진 역이다. 종점이 될 만한 곳이니 어느 정도 규모가 있는 지역이지 않을까.

"상행 전철은?"

"22시 59분 이후로는 완전 공백이야."

두 시간 전, 이미 막차가 끊긴 지 오래라는 뜻인가.

"다음 도쿄행 전철은 5시 41분."

네 시간 넘게 남았다.

"고쿠분지까지는 택시비가 비싸겠는데. 거리도 시간도 상상이 안 가."

"비싸도 택시만 있으면 탈 텐데, 없으니까 문제지."

"막차 시간에 맞춰서 역에서 몇 대는 대기하지 않나? 내릴 역을 지나치는 상습범이 이 세상에 마리 혼자만은 아닐 텐데."

스피커폰으로 통화하면서 눈앞의 컴퓨터로 택시요금을 알아보았다. 역 이름을 입력하고 클릭하자 오쓰키 역에서 고쿠분지까지는 2만 8,180엔이라고 나왔다. 비행기로 오키나와까지 왕복할 수 있는 금액이다.

"몇 명이나 내렸을 것 같아?"

"알 게 뭐야."

"나 빼고 총 여덟 명. 개찰구에서 정확히 네 명씩 남쪽 출구와 북쪽 출구로 갈라져서 나갔어. 왠지 북쪽 출구 쪽이 좀 괜찮은 느낌이 들어서 일단은 그쪽 계단으로 내려갔는데, 완전 캄캄한 거야. 자가용 세 대가 마중을 나왔고, 나머지 한 명은 근처에 사는지 광장에서 신용조합 방향으로 걸어가더라. 허겁지겁 개찰구까지 다시 뛰어와서 반대편인 남쪽 출구 계단으로 내려갔지. 어쩌면 그쪽에 택시가 있는데, 다른 사람들이 타버리면 끝장이다 싶어서."

"택시가 있었어도 이미 그때는 늦었을 텐데."

"아, 네네, 맞는 말씀입니다. 조그만 광장이 있는데, 역시나 캄캄했어. 바로 옆에는 넓은 주차장이 있는데, 다들 거기서 자기 차를 타고 돌아간 것 같더라. 젊은 여자 한 명만 잠깐 서 있었는데, 아마도 아빠인지 바로 차로 마중을 나왔고. 무지 부럽더라."

단숨에 거기까지 얘기를 마치고, 전화기 너머에서 소리가 끊겼다.

정적 너머에서 마리의 깊은 한숨 소리가 들려오는 기분이 들었다.

"괜찮아? 내 말 들려?"

"당연하지."

"근데 왜 갑자기 입을 다물어버려."

"망연자실한 상태야."

"망연자실까지 시간이 꽤 걸리는군."

"플랫폼에 내린 순간부터 계속 망연자실한 상태거든."

그쯤에서 또다시 말이 끊겼다.

"택시가 없으면, 근처 호텔을 찾아볼 수밖에 없겠네."

"물론 알아봤지. 가장 가까운 여관까지 거리는 5킬로미터야. 전화했는데 자동응답기였어. 가까운 택시 회사도 알아보고 연락했는데, 역시나 안 받아."

5킬로미터면 걸을 수 있는 거리이긴 하지만, 가도 재워주지 않을 가능성이 높다는 뜻인가.

검색 화면에 뜬 지도에 여관이 몇 개 있었다. 지형으로 봐서는 산속의 온천여관처럼 보였다.

"도시와는 다르단 말이군."

내린 역이 최소한 오쓰키였다면, 역을 지나친 승객을 노린 택시가 몇 대쯤 대기하고 있었을지 모른다.

"지금 있는 남쪽 출구에는 역 앞에 가게가 달랑 하나뿐이야. 작은 술집인데, 물론 문은 이미 닫혔고. 개찰구에서 나와서 보이는 불빛이라곤 자동판매기밖에 없어. 조금 전에는 나도 모르게 그만 그 녀석한테 말까지 걸었다니까. 늦은 밤인데도 열심히 일하네, 고생이 많다, 라고. 살짝 지친 느낌이 풍기는 기계야."

"……."

"실은 나도 고생은 많거든. 9시 반까지 수업이 있었고, 그 후에야 식사와 수분을 보충하려고 패밀리 레스토랑에 갔던 거야. 생맥주랑 닭튀김이랑 시저샐러드. 그곳 시저샐러드는 큰 볼에 담아줘서 기분이 좋아. 로메인 잎을 아삭아삭 씹어 먹는 쾌감은 정말 최고야. 그리고 카르보나라로 카보로딩(탄수화물 축적하기 - 옮긴이).”

아무리 몸을 쓰는 일이라지만, 여전히 대식가다. 그리고 예전과 마찬가지로 술을 마신 마리는 말이 많은 여자였다.

“예전처럼 많이 못 마시는 걸 보면 술이 약해졌나 봐. 금방 잠들어버려.”

“술이 약한 야나세 마리가 이 세상에 존재하나?”

“너랑 헤어진 후에 과음은 끊었어. 간에 부담을 주면, 다음 날까지 근육의 피로가 풀리질 않으니까.”

“나이 탓인가?”

“그건 부정하지 않겠어.”

마지막으로 만난 후로 세월이 얼마나 흘렀을까. 4년? 그녀의 서른 살 생일을 며칠 앞두고 헤어졌다.

“지금 어디서 전화해?”

“말했잖아, 사루하시라는 역이라고.”

“그게 아니라.”

“개찰구에서 역 앞으로 내려가는 계단에 앉아 있어. 역 간판이 밝으니까. 이 역은 개찰구에서 나가면 그 흔한 벤치도 없어."

어둠 속에서 역 간판과 자동판매기만 빛나는 모습을 상상해보았다.

"음, 그런데……."

전화가 끊겼다.

무슨 말을 막 꺼내려는 참이었다.

휴대전화가 가끔 끊긴다.

시골이라 전파가 약해서일까.

이쪽에서 다시 걸어볼까 했지만, 그냥 기다리기로 했다. 그녀가 먼저 전화를 걸었으니, 양쪽에서 동시에 걸면 통화 중이라 오히려 더 연결되지 않는다.

잠시 동안, 대략 1분가량 기다렸다. 전화는 오지 않았다.

전파가 강한 장소를 찾아 이동하고 있는지도 모른다. 컴퓨터의 시계 표시는 1시 26분이었다.

터치한 전화 수신 기록에 야나세 마리라는 글자가 떴다.

전화를 걸기가 조금 망설여졌지만, 큰맘 먹고 수화기 마크를 눌렀다.

무음의 시간이 한 호흡쯤 지나고, 신호음이 울리지 않은 채로 기계 음성이 흘러나왔다.

"지금 거신 전화는 전원이 꺼져 있거나 전파가 닿지 않는 곳이라 연결이 되지 않습니다."

두 번, 세 번 반복했지만, 결과는 마찬가지였다.

그녀는 무슨 말을 하려고 했다. 자기 쪽에서 전원을 껐을 리는 없다. 역시 전파가 약해서겠지.

그렇게 생각하다 알아차렸다.

배터리가 다 됐나?

만약 그렇다면, 이젠 어쩔 도리가 없다.

화면을 끄고, 책상 위에 전화기를 내려놓았다.

일단은 한숨 돌릴 시간이다. 리모컨을 들고 에어컨 온도 설정을 바꾸고, 자리에서 일어섰다.

부엌에서 물을 끓이기 시작하고, 화장실에 다녀왔다. 전기 포트가 그 타이밍에 커피 한 잔 분량의 물을 다 끓였다. 리모컨 조작부터 커피를 끓이는 과정이 다도의 작법처럼 루틴이 되어 있었다.

화장실로 향하는 자세가 구부정하다는 걸 알아차렸다. 피로가 쌓인 모양이다. 그럴 만도 하다. 일을 시작한 지 열다섯 시간 정도 지났다.

커피 향을 즐기면서 눈은 액정화면에 늘어선 '파이선 Python'(프로그래밍 언어 – 옮긴이) 문자열과 천장을 오락가락했다. 휴식 시간에도 방금 전에 작성한 코드를 자꾸 보게 되는데, 지금은 그것이 의미 있게 보이지 않는다.

일을 계속할 집중력이 사라졌다.

마리의 전화 때문이 아니라 단지 지친 탓이다. 시간으로 봐도 그럴 때이지만, 도무지 그렇게 확신할 수가 없었다.

"거기서 기다려. 지금 바로 데리러 갈게."

옛날 같았으면 전화가 오자마자 그렇게 말했겠지.

막차의 여왕, 야나세 마리가 내릴 역을 지나쳐서 종점까지 가버리는 일은 드물지 않았다.

당시 그녀의 집은 주오선의 고쿠분지였고, 나는 요쓰야에서 기치조지로 이사했다.

종점인 다카오에서 전화가 오면, 폭스바겐 폴로로 몇 번이나 데리러 갔다.

15만 엔에 손에 넣은 소중한 자가용. 아무리 고물차라도 자동차가 주는, 어디든 원할 때 갈 수 있다는 '가능성'과 '자유' 같은 것이 더없이 소중했다.

마리에게도 나에게도 각자가 지향하는 목표만 있고, 반면에 돈은 없었다.

땀흘려서 손에 넣은 귀중한 돈에서 택시비로 몇천 엔을 날려야 하는 상황은 그녀에게 고생이 물거품으로 사라져버리는 중대한 실수였다.

내릴 역을 지나쳐서 먼 역에 있는 정도는 인생에서 보자면 전혀 대수로운 문제가 아니다. 그렇지만 설령 그런 사소한 문제라도 나의 소유물과 나의 노력으로 그녀를 궁지에서 구해낼 수 있다는 게 기뻤겠지. 그때만은 애차를 몰고 공주를 구하러 가는 백마 탄 왕자님 같은 심정이었다.

"남에게 도움이 되는 사람이 되거라."

어린 시절에 할머니는 늘 그런 말씀을 했다.

남에게 도움이 되는 건 어떤 걸까. 어린아이의 머리로는 잘 알 수가 없었다.

예를 들어 청소 당번으로 학교 복도를 청소하면 남에게 도움이 된다는 생각은 할 수 있었다. 그러나 복도를 청소하면 구체적으로 누가 왜 행복해지는지 생각해봐도 답이 나오지 않았다. 복도에 쓰레기가 조금 떨어져 있대도 대체 누가 곤란하단 말인가. 학교에서 생활하는 누구도 깨끗이 청소된 복도를 보고 기뻐하는 모습을 한 번도 본 적이 없었다. 오히려 누구나 예외 없이 청소 당번을 싫어했던 것 같다.

"자기 집이면 다들 깨끗하게 쓰겠죠. 그런데 왜 공공장소는 더러워도 개의치 않을까?"

선생님은 그렇게 말했다. 그러나 부모님 둘 다 교사였던 우리 집 복도는 곳곳에 책과 자료가 담긴 빛바랜 종이 상자가 쌓여 있어서 학교 복도보다 훨씬 어질러지고 지저분했고, 가족 모두 그것 때문에 딱히 곤란하지도 않았다.

청소가 누군가를 위한 행위라는 실감이 부족했다.

무엇을 하면 남에게 도움이 되는지, 사실은 알지 못했다.

그런데 사랑을 하면서 갑자기 변했다.

좋아하는 사람을 위해 뭔가를 해주고 싶어졌다.

집 청소를 도와서 부모님이 기뻐해도 별로 즐겁지 않았는데, 좋아하는 누군가가 기뻐하는 일이라면, 뭐든 다 하고 싶었다. 학교 복도 청소는 싫었지만, 좋아하는 여자애가 꽃을 꺾어 오라고 하면, 등굣길에 남의 집 정원에 몰래 들어가 도둑질을 해서라도 그 아이에게 꽃을 바치고 싶어진 것이다.

예전에 종점인 다카오까지 가버린 마리에게 전화를 받고, 고물차를 운전해 그곳으로 향했을 때, 신기하게도 그녀가 느끼고 있을 비참한 기분을 공유하는 게 기쁨으로 다가왔다.

그것이 '사랑'인지 아닌지는 알 수 없다. 그러나 적어도 곤경에 처한 연인을 구하러 가는 판타지의 주인공은 될 수 있었다.

한밤중에 갑자기 시간을 내서, 얼마 없는 돈으로 간신히 채운 기름을 소비해가며 다카오까지 간다. 희생이 큰 만큼 나는 그녀를 소중히 여기는 것이다. 그런 느낌이 기분 좋았다.

좋아서 어쩔 줄 모르는 관계는 아니었다고 생각한다. 오히려 담백했다.

당시에 나는 대학원 박사과정을 수료하고, 오버닥터(대학원에서 박사과정을 마쳤지만 취업을 못하고 있는 고학력 실업자 – 옮긴이)로 대학에 남아 있었다. 정규직은 아니지만 실험 보조와 연구실 학생 지도 보조원인데, 교수가 기업에서 받아온 연구비로 개인적으로 고용해주는 형태였다. 파트타임으로 1주일에 3일, 시급 1,200엔에 일곱 시간, 요컨대 한 달에 액면으로 받는 금액은 10만 엔이다. 자기 연구에 대학 연구시설을 사용할 수 있다는 게 최대 장점이지만, 그것만으로는 생활을 꾸려나갈 수 없었다. 그렇다 보니 원래는 연구에 매진하고 싶은 시간을 쪼개서 아르바이트를 했다.

마리는 수영 올림픽 특별훈련 지정 선수 선발전에서 떨어져 막 은퇴한 무렵이었다. 소속되었던 회사는 계속 다니기가 불편해서 퇴사하고, 대형 스포츠클럽에서 수영 강사로 일하고 있었다. 기본급은 실수령액이 20만 엔이 조금 넘는 정도였다.

이 나라에서는 어쩌면 나라를 대표할 만한 수준의 운동선수도, 국립대학에서 박사과정을 마친 사람도 그 전문성에 걸맞은 수입을 얻기가 상당히 힘들다.

'몸을 안 움직이면 컨디션이 나빠지는' 마리는 수영 코치로 일하면서 에어로빅 강사가 되기 위해 야간 교육과정을 다녔다.

거품경제 시기에 늘어난 스포츠클럽이 시설 노후화로 인한 수리비를 감당하지 못해서 잇달아 폐쇄되었다. 옛날 잡지를 보면, 스포츠클럽이 최첨단의 세련된 장소로 일컬어진 시대도 있었던 것 같다. 지금은 고령화되어 50세 이상의 회원이 80퍼센트가 넘는 클럽도 있다. 작은 면적과 최소한의 설비로 저렴한 비용을 장점으로 내세우는 클럽도 늘어났다. 수영장이 있는 클럽 경영은 비용 면에서 효율성이 떨어진다.

그녀는 자기가 몸담고 있는 업계에 관해 그렇게 말했다.

"결국, 육지로 올라가야 먹고살 수 있을 것 같아."

수영 코치로 번 돈의 절반이 에어로빅 강사 '양성 코스' 수업료로 날아갔다.

"구민회관의 고령자 대상 체조교실의 선생님도 에어로빅 강사 자격증이 있어야 왠지 더 꿈이 있어 보이잖아."

분명 마이클 잭슨을 들으며 자란 사람이 나이가 들었다고 엔카(일본의 전통 가요 - 옮긴이)를 좋아하지는 않는다. 나이가 들었다고 노인 냄새 풍기는 걸 좋아할 리 없기 때문이다.

사귀기 시작했지만, 각자의 생활에 쫓겨서 만나는 시간은 적었다.

한 날에 한두 번 만났다.

마리는 친구들한테 "그건 사귀는 게 아니지"라는 말을 들었다며 웃었다.

지은 지 50년 된 요쓰야의 저렴한 목조건물 아파트가 노후화를 이유로 철거 결정이 났는데, 임대인의 사정으로 인한 계약 해지라며 10만 엔을 보상해주었다. 그래서 그 돈을 이사 비용과 보증금의 일부로 활용해서 마리가 사는 고쿠분지와 조금이라도 가까운 기치조지에 방을 얻었다. 가까워지긴 했지만, '살아보고 싶은 동네' 순위에 들어 있다는 이유로 요쓰야 아라키초와 비교하면 도심에서 상당히 떨어졌는데도 임대료는 오히려 더 비쌌다.

가부키초에서 막차가 끊길 때까지 마시고, 집까지 둘이 걸어올 수 없게 되었다.

그래도 서로의 집이 가까워져서 심리적으로는 어느 정도 행복감을 느꼈다고 생각한다.

전철 시간으로는 20분 남짓. 거리는 어림잡아 10킬로미터쯤이다. 마리의 표현을 빌리면, "이번에는 우리 집에 걸어올 수 있는 거리로 와줬네"였다.

자주 만나지 못한 건 누구의 책임도 아니다.

각자 '꼭 해야 하는 일'만으로도 힘에 부쳤다.

실험은 실패의 연속이었다.

몇십 번을 실패해도 단 한 번만 성공하는 조건을 찾아내면, 그 후로는 누가 어디서 몇 번을 해도 성공한다. 그것이 연구 성과이자 과학의 진보다. 그것을 논문으로 쓰면 업적이 된다.

연구에서 실패에는 큰 가치가 있다.

성공에 다다르는 '무수한 루트의 후보' 중에서 '잘 풀리지 않는 길', '막다른 길'을 하나하나 깨나가는 것만이 올바른

길과 성공으로 향하는 유일한 방법이다.

마리에게 시간이 생긴 날에 실험을 '실패'하면, 이럴 바엔 차라리 데이트나 할 걸 하는 생각이 들었던 건 분명하다.

그래도 자기 나름의 규칙을 정하고, 해야 할 일을 계속하지 않으면 결과를 낼 수 없다.

연구도 1위를 겨루는 경쟁이다.

남보다 먼저 결과를 내기 위해 전 세계의 연구자들이 매일같이 밤낮으로 실험을 계속한다. 데이트를 하다 필요한 실패 기회를 한 번 놓치면, 성공 기회의 도래도 확실하게 늦어진다.

만나면, 같이 있으면 즐겁다는 건 알지만, 딱히 누가 강제하지도 않는 실험에 시간을 할애해야 했다. 생활이 힘들수록 결과를 빨리 내야 한다는, 졸업논문을 빨리 써야 한다는 강박감은 강해졌다.

마리도 지쳐 있었다.

일과 양성 코스로 혹사시킨 몸으로 녹초가 되어 집에 돌아와도 매일같이 젖은 수영복과 땀범벅이 된 운동복을 세탁해야 한다. 신축성 있는 소재로 만든 운동복은 고온의 건조기를 사용할 수 없어서 그녀의 목욕탕에는 늘 운동복이 널려 있었다.

샤워할 때, 옷걸이를 거실로 옮기기 때문에 잠든 그녀의 알몸을 끌어안으며 벽에 걸린 허물 같은 그것들을 침대 속에서 올려다보곤 했다.

잠에서 깬 시야에 불쑥 들어온 그 허물은 사랑스러웠고, 후줄근해진 그 형태가 페티시한 욕망을 불러일으켰다. 그런데도 그녀의 체온을 느끼고 등을 바라보면, 깨우지 않고 그대로 좀 더 재우고 싶은 마음이 승리했다.

대학원의 박사과정을 수료했는데 일이 없는 오버닥터와 좌절해서 은퇴한 운동선수.

멋지지도 근사하지도 않았다.

각자 앞으로 내가 하고 싶은 것, 미래에 되고 싶은 나를 향해 나아갈 뿐이었다. 다만 지금의 생활을 희생해서라도 지향하고 싶은 목표가 있는 마음은 공유했다고 생각한다.

가난하지만 지금 이대로는 끝나지 않는다. 내일, 머지않은 미래에 지금과는 다른 내가 되기 위해 오늘을 살아간다. 그것뿐이었다.

브라우저를 열고 사루하시 역의 전철시간표를 알아보았다.

오쓰키 방면의 마지막 전철이 도착한 것은 오전 1시 6분. 마리가 플랫폼에 내린 후로 이제 곧 30분이 가까워진다.

사루하시 역까지 가는 경로를 검색해보았다.

거리는 78.2킬로미터, 1시간 10분.

파이선 파일을 닫고, 영양 음료 두 병을 주머니에 넣고, 책상 서랍에서 꺼낸 자동차 열쇠를 손에 쥐었다.

집을 나선 순간, 끈끈한 공기가 살갗에 들러붙었다.

습도가 높은 공기 때문에 주차장 조명의 윤곽이 흐릿했다. 안경이 더럽나 착각했을 정도다. 기온은 그리 높지 않았다.

차문을 열고 운전석에 앉자 앞유리창이 부옇게 흐려져 있었다.

일기예보 앱으로 비구름을 확인했다. 서쪽에서 짙은 구름이 다가오고 있었다.

시동은 한번에 걸렸다. 연식이 10년을 훌쩍 넘은 고물차지만, 배터리만은 새것이다. 돈이 가장 없을 때는 새 배터리를 살 수가 없어서 겨울에는 차에서 빼다 집에서 충전했다. 살살 달래서라도 일단 한번에 시동만 걸리면, 차는 집에 돌아올 때까지 꿋꿋이 움직여주었다.

스마트폰으로 사루하시까지 가는 경로를 다시 확인했다. 예전 차 주인이 설치한 내비게이션 시스템은 지도가 옛날 버전이라 쓰기 불편하다.

와이퍼를 두 번만 작동시켜 앞유리창의 습기를 제거한 후, 차를 주차장에서 도로로 빼냈다.

어쨌든 가보자. 앞으로 한 시간 후에 마리가 여전히 사루하시에 있을지 없을지는 알 수 없다. 택시도 숙소도 없다면, 꼼짝 못하고 있을 게 틀림없다.

문을 연 가게도, 앉을 벤치도 없는 곳에서 하룻밤을 지새워야 한다.

오쓰키의 현재 기온은 20도, 아침 최저기온은 18도. 얼어 죽을 걱정은 없어도 무방비하게 있다 보면 몸이 냉랭해지겠지.

어린애가 아니다. 네 시간만 있으면, 첫차가 움직인다.

별일은 없겠지.

막차가 떠나버린 역은 간판 조명을 그대로 켜둘까.

선뜩한 형광등 불빛 아래에서 계단에 웅크려 앉은 마리의 모습을 떠올렸다. 전철이 다니지 않는 시간, 산골 역에 볼일이 있는 사람은 없다. 아마도 아침까지 아무도 오지 않겠지.

아니, 만약 누군가가 어떤 이유로 그곳에 온다면? 혼자 앉아 있는 여자를 발견한다면?

예를 들어 역 앞 자동판매기에서 음료수를 사려고 20번 국도에서 역 앞까지 들어와 계단에서 서성이는 마리를 본다면 무슨 일이 벌어질까.

"무슨 일이에요?"

"내릴 역을 지나쳐버려서 꼼짝 못하게 됐어요."

"그것 참 안됐군요. 괜찮으시면, 다른 곳으로 모셔다드릴까요?"

그는 친절한 사람일지도 모르지만, 다른 목적을 가진 인물일지도 모른다.

인기척 하나 없는 곳에서 남자들에게 에워싸여…….

시모이시와라 교차로 앞 신호에서 우회전하여 12번 도도 都道(도쿄 도에서 관리하는 도로 - 옮긴이)에서 20번 국도로 접어든 무렵부터 가속페달을 힘껏 밟았다. 이제 500미터만 가면 주오 고속도로다.

다양한 피트니스를 공부하겠다며 시모키타자와에 있는 권투 체육관에 다닌 적이 있을 텐데, 그게 과연 실전에도 도움이 될지 어떨지는 알 수가 없다.

발은 빠른 편이라고 생각한다. 그러나 남자의 발에 비교하면 어떨까.

지구력은 상당하다. 달려서 도망친다면 따돌릴 수 있다.

그런데 상대는 자동차라면……. 그런 경우에는 좁은 골목을 찾아 도망치면 어떻게든 피할 수 있을까. 좁은 골목길? 역 앞에 가게도 없는 시골에 좁은 골목길이 있을지 없을지 알수가 없다.

어느새 시뮬레이션을 하고 있었다.

필사적인 표정으로 도망치는 그녀를 쫓아오는 남자들. 영화를 너무 많이 보았다. 아니, 최근에는 영화도 거의 보지 않았다.

조후 인터체인지에서 주오 고속도로를 탔다.

누가 처음 한 말인지, 고속도로를 '탄다'는 표현은 실감과 딱 맞아떨어지는 것 같다. 속도를 높이고 바람을 뚫고 달리기 시작하자 어찌된 영문인지 그때까지와는 다르게 아스팔트가 나붓나붓 부드럽게 느껴졌고, 이따금 자동차가 지상을 스치듯 떠올랐다.

8월의 마지막 금요일, 심야의 주오 고속도로에는 트럭이 줄지어 달리고 있었다.

주행차선을 한동안 달리다 트럭을 앞지르며 추월차선으

로 바꿨는데, 열 대 이상 추월할 때까지 주행차선으로 돌아올 수가 없었다.

초등학생 무렵이었다. 가족끼리 드라이브를 가서 오른쪽에 경마장 조명탑과 감시탑(패트롤타워)이 보이고, 왼쪽으로 산토리 맥주 공장이 보이면, 부모님은 어김없이 아라이 유미의 「주오中央 프리웨이」를 불렀다.

어느 날 마리에게 그 얘기를 하자 "그 얘기, 벌써 세 번째 들어"라며 재미있다는 듯이 웃었다. 뭐가 그리 재미있냐고 캐묻자 "보나마나 몇만, 몇십만 커플이 이곳을 지날 때마다 수없이 그 노래를 부르겠지"라고 대답했다.

추월선과 주행차선을 두 번 왕복한 후, 앞을 가로막는 트럭 행렬을 더는 참을 수가 없어서 가속페달을 힘껏 밟으며 추월차선으로 나갔다.

바람을 가르는 소리가 커지고, 계기판의 속도 경고등은 계속 켜진 상태였다.

바람 소리에 귀가 틀어막힌 것처럼 밖에서 들어오는 소리가 모두 애매해졌다.

목 안쪽이 말라서 따끔거렸다. 침을 몇 번이나 삼켜보았지만, 별 효과가 없었다.

뭘 위해 달리고 있지? 자문해보았다.

사루하시 역에 도착할 무렵에는 전철 막차 시간보다 한 시간 반이나 지난 무렵이겠지. 그 시간까지 그녀가 그 자리에 가만히 있을 것 같지는 않았다.

나라면 어떻게 할까. 그런 생각을 해보았지만 답은 나오지 않았다.

택시가 없다. 숙소가 없다. 가게도 없다. 게다가 스마트폰 배터리도 다 됐다. 그런데 대체 뭐가 가능하겠는가. 나는 할 수 없지만, 그녀는 할 수 있는 뭔가가 있을까.

똑같은 생각만 머릿속에 빙빙 맴돌다 사라졌다.

새로 들어오는 정보는 하나도 없다. 생각만 하염없이 되풀이해봐야 아무 소용도 없다.

지금 어디에 어떻게 있든 세 시간 후에는 첫차를 탈 테고, 얼마쯤 지나면 고쿠분지의 집으로 돌아가 충전기를 꽂은 스마트폰으로 '무사히 귀가했어. 시끄럽게 해서 미안~'이라는 문자가 오고 일단락될지도 모른다. 그럴 가능성이 더 높다.

그러나 지금은 그녀가 무사해도 앞으로 어떤 사건을 맞닥뜨릴지 모른다.

뭐라도 좀 마셔둘 걸 그랬다. 목이 몹시 말랐다.

휴게소 표지판이 나올 때마다 옆으로 빠질까 망설이면서도 선뜻 결정하지 못하고 추월차선으로 계속 달렸다. 덕분에 내비게이션 앱에 뜨는 도착 예정 시간이 출발할 때보다 7분가량 빨라졌다.

사루하시 역에 자동판매기가 있다는 건 알았다. 그리고 다른 건 아무것도 없다는 것도. 목적지에 도착하면 음료수는 살 수 있다.

'하치오지 제2'출구를 지나쳤다. 목적지가 다카오라면, 여기서 고속도로를 빠진다.

고보도케 터널을 빠져나가자 커브가 많아졌다.

남은 거리를 확인했다. 35킬로미터. 앞으로 30분이면 도착할까.

큰 커브를 다 돌아섰을 즈음, 정면에서 점멸하는 비상등이 보이는가 싶더니, 순식간에 그 불빛이 눈앞으로 육박해왔다.

결국 맨 뒷줄에 섰다. 일단 멈췄다 다시 움직이기 시작한 속도는 30킬로미터를 넘지 못했다.

"참 나, 이런 데서 막히나."

무심코 탄식이 흘러나왔다.

조금씩 줄어들던 도착 예정 시간이 다시 늘어났다.

10분, 아니 어쩌면 1분 차이로 늦어버릴지도 모른다.

'후지노 휴게소' 간판이 보였다.

재빨리 옆으로 빠졌다. 본선보다 빨리 달릴 수 있기 때문이다. 주차 지역을 그냥 통과해서 다시 나가면, 몇 대 정도는 앞지를 수 있겠지.

저 멀리 가게 조명을 바라보며 본선 쪽으로 달려가려 했다.

바로 그때, 주차해둔 트럭에서 사람 그림자가 나타났다.

위험해!

급브레이크를 밟았다.

타이어 소리가 울리며 시야 속의 사람 그림자가 순식간에 커졌다.

다리를 벋디디며 눈을 휘둥그레 뜨고 버텨냈다.

차는 충돌 직전에야 멈춰 섰다.

천만다행이다.

"미친 새끼!"

훅 내려앉았던 프런트 서스펜션이 떠오르는 동시에 욕설이 날아들었다.

"죄송합니다."

앞을 바라본 채, 유리 너머로도 들릴 수 있도록 큰 목소리로 사과하고, 돌아볼 겨를도 없이 다시 신중하게 차를 출발시켰다. 주차장이 끝나기 직전부터 최대한 속도를 높여 본선으로 향했고, 다시 속도를 낮추며 정체 중인 본선으로 합류했다.

과연 원래 위치보다 앞으로 나갔을지 어떨지는 알 수가 없다.

경찰차의 빨간 회전등을 지난 무렵부터 정체는 곧바로 해소되었다. 소위 말하는 사고 구경 정체였던 것이다.

오쓰키 인터체인지에서 빠져나와 20번 국도를 신주쿠 방면으로 돌아들자 잠시 후 드디어 횡단보도 육교에 걸린 '사루하시 역' 표시가 눈에 띄었다. 신호기도 없었다.

화살표를 따라 직각으로 꺾자 불빛이 거의 없는 길로 변했다. 양쪽은 평범한 목조주택이고, 도중에 상점으로 보이는 건물이 몇 개쯤 있었지만, 물론 그 시간에는 모두 닫혀 있었다.

잠시 후 역 앞의 작은 로터리가 나왔다.

광장 중앙에 있는 조명을 작은 숲이 에워싸고 있었다. 자동차 전조등을 상향으로 조정하고 로터리를 한 바퀴 돌았다.

아무도 없었다.

'야마나시주오 은행 현금인출기'가 있는 작은 건물. 'JR'

부분만 녹색인 '사루하시 역' 간판.

역에서 계단을 내려온 곳에 등받이 없는 벤치 두 개가 설치되어 있었다. 버스정류장인 모양이다. 그리고 그 뒤로 자동판매기 두 대가 보였다.

시동을 끄고 밖으로 나갔다.

아무 소리도 들리지 않았다. 인기척이라곤 전혀 느낄 수 없었다.

역 반대편에서 어슴푸레 밝은 하늘을 배경으로 새카만 산이 육박해왔다.

자동판매기로 다가가자 울타리 너머로 역 플랫폼이 보였다. 그 사이에서 선로가 번드르르한 빛을 뿜어냈다.

혹시나 하며 벤치에 손을 대보았다. 어디를 만져도 따뜻하지도 차갑지도 않았다.

여기까지 온 게 후회되기 시작했다.

아무도 없는 계단을 올려다보았다.

왜 바로 알아채지 못했을까. 마리는 출구가 하나 더 있다고 말했다. 벤치조차 없다고 했다.

부리나케 계단을 뛰어 올라갔다. 오른쪽으로 돌아 셔터가 내려진 개찰구 앞을 지나서 반대편 계단으로 내려갔다.

눈앞에서 자동판매기가 빛을 발하고 있었다. 왼쪽에는 자갈이 깔린 주차장이 있었다.

여기다. 전화했을 때, 그녀는 여기에 있었던 것이다.

"마리."

조심스럽게 불러보았다.

"마리, 마리."

차츰 목소리가 커졌다. 아무도 없으면, 창피하지도 않다.

"마리."

다시 한 번, 큰 목소리로 이름을 부르자 새카만 산에서 희미하게 메아리가 돌아오는 기분이 들었다. 그녀의 이름을 이렇게 큰 소리로 불러본 적은 없었다.

이토록 고요할 수 있을까. 자동차 소리도 없다. 벌레 소리조차 들리지 않았다.

역시 늦은 것이다. 그야 그럴 테지.

크게 실망하며 땅이 꺼져라 한숨을 몰아쉰 순간, 목이 몹시 마르다는 생각이 떠올랐다.

동전 주머니를 뒤적이며 자동판매기 쪽으로 걸어갔다. 조금 구형인 기계였다. 누가 걸어찼는지 아래쪽 패널이 움푹 꺼져 있었다.

100엔짜리 동전 두 개를 투입구에 넣었다. 우롱차가 좋다. '시원한 음료'인 파란 버튼과 '따뜻한 음료'인 빨간 버튼. 잠시 망설이다 '시원한 음료'를 눌렀다.

툭 하는 요란한 소리가 주위에 울려 퍼지며 인출구로 페트병이 떨어졌다.

전자음과 함께 빨간 LED가 빙글빙글 돌아서 깜짝 놀라 한가운데에 있는 작은 액정을 바라보았다. '꽝'이라는 글자가 깜빡거렸다.

흠집투성이인 투명한 뚜껑을 밀어 올리고, 손을 넣어 페트병을 끄집어냈다. 그 순간, 손에 미적지근한 것이 닿았다. 다시 한 번, 손을 밀어넣고 안을 더듬거렸다.

캔커피였다. 아주 살짝 따뜻했다.

재빨리 손목시계를 확인했다. 오전 3시 18분. 그녀가 전화한 후로 두 시간이 지났다.

이 캔커피가 떨어진 후로는 시간이 얼마나 지났을까. 10분은 더 됐겠지. 30분인지 한 시간인지 짐작할 수는 없지만, 몇시간씩 지났을 리는 없다.

마리의 흔적이다.

이 역에 마지막 전철이 도착한 시간은 1시가 넘어서였고,

그 후로는 이 장소에 볼일이 있는 사람은 없다. 그녀는 자동판매기한테까지 말을 걸었다고 했다. 뭘 샀다는 말은 하지 않았다.

한동안 계단에 웅크려 앉아 나에게 전화를 걸었고, 어떤 이유로 통화가 끊겼다.

그런데 왜 온기가 남아 있는 캔커피가 인출구에 남아 있을까.

'당첨되면 하나 더.'

이거다.

만약 막차 이후에 이 역을 찾은 사람이 아무도 없다면, 이 캔커피는 마리의 것이 틀림없다. 남은 온기로 판단하자면, 인출구로 나온 지 두 시간은 지나지 않았다.

마리는 이 자동판매기에서 음료수를 샀고, 우연히 당첨되어 자기가 산 음료수 외에 캔커피 하나를 더 선물로 받았다.

그녀는 어떤 이유로 그것을 꺼내지 않고 인출구 안에 그대로 남겨두었다.

원하는 음료가 아니라서?

아니, 당첨된 사실을 몰랐는지도 모른다.

당첨되었으면 무슨 소리가 나지 않았을까.

이따금 보는 당첨되는 자판기지만, 그 수는 별로 많지 않다. 견본을 보고, 사고 싶은 음료를 결정하고, 돈을 넣고, 원하던 한 병이 나오면 그걸 끄집어낸다. 보통은 그대로 그 자리를 뜬다.

방금 나 역시도 빨간 LED가 돌아가는 광경을 보면서 당첨되면 음료수가 하나 더 나온다는 의식은 머릿속에 전혀 없었다. '당첨되면'이라는 설명문을 읽은 것은 캔커피가 남아 있는 것에 의문을 품은 후였다. 인출구에 손을 넣었을 때, 우연히 손등에 캔커피가 닿았기 때문에 '하나 더'를 알아챈 것이다.

만약 이 캔커피가 마리가 이 자동판매기에서 음료수를 샀을 때 당첨되어 나온 '하나 더'라면, 캔커피가 뜨거웠을 때까지는 그녀가 이 장소에 있었다는 뜻이다. 이만큼 식는 데는 시간이 얼마쯤 걸릴까.

그때 그녀가 바라보았던 경치는 지금 내가 바라보는 이 광경과 똑같을 게 틀림없다.

정확히는 알 수 없지만, 가령 한 시간 전이라고 해보자.

오쓰키행 전철 막차에 타고 있던 마리는 깜빡 졸다 눈을 뜬 순간, 우연히 정차한 이 사루하시 역에서 하차하고 말았다. 전철시간표대로라면 그것은 오전 1시 6분경이다.

그녀는 일단 개찰구에서 나와 다른 네 사람과 함께 북쪽 출구를 향해 계단을 내려갔다. 택시가 없는 걸 확인한 그녀는 이번에는 서둘러 이 남쪽 출구를 향해 계단을 내려왔다. 이쪽으로 내려온 사람도 네 명이었다. 세 사람은 바로 옆 주차장으로 가서 자가용을 운전해서 로터리를 빠져나갔다. 나머지 한 명인 젊은 여자는 머지않아 마중을 나온 차에 동승하여 이곳을 떠났다.

그것을 지켜보고, 오전 1시 18분에 옛 남자친구인 나에게 전화를 걸었다.

오전 1시 26분에 어떤 이유로, 아마도 배터리가 다 돼서 전화는 끊기고 말았다.

추정 시각은 오전 2시경, 그녀는 자동판매기에서 음료를 샀다.

전화를 끊고 30분쯤 지난 후가 아닐까.

시간에 따라 마리의 행동을 추측해보았다. 전화가 끊긴 원인이 어떤 사건에 휘말렸기 때문인지 모른다는 불안감은 사라졌다.

똑같은 상황에 처했다면, 나는 어떻게 했을까.

전화는 연결되지 않고, 배터리가 다 돼서 검색조차 할

수 없다. 아무도 없는 이곳에서 한동안 멍하니 앉아 있었다면……

　30분은 길다. 어찌됐든 국면을 해결할 가능성을 찾아볼 수밖에 없겠지. 뭔가를 시작하기 전에 어두운 광장에서 계속 불빛을 발산하는 자동판매기로 다가가 냉랭해진 몸을 데우기 위해 캔커피를 산다. 머릿속으로는 계속 해결책을 고민하고 있다. 빨간 LED 불빛이 빙글빙글 돌다 멈췄고, '당첨'이 돼서 나온 걸 알아채지 못한다. 쿵 하고 인출구로 음료수가 떨어지는 소리. 손을 넣어 더듬자 따뜻한 캔커피가 손에 닿는다. 마음이 조금은 누그러진다.

　자 그럼, 이제 어떡하지. 나라면 어떻게 할까.

　어딘가로 가려 할 것이다. 집은 너무나 멀다. 어디든 가까운 곳 중에서 지금보다는 나은 장소. 낫다고 여겨지는 장소. 그렇다. 한 정거장 앞의 종점인 오쓰키까지 걸어가보자. 불이 켜진 가게 하나쯤은 있을지도 모른다. 선술집, 패밀리 레스토랑, 규동(일본식 소고기덮밥 - 옮긴이)집, 편의점이라도 좋다.

　길은 알고 있을까.

　근처에 20번 국도가 있다는 걸 안다면, 그 길을 따라 걸어보려 하지 않을까.

남쪽 출구에서 조금 전에 내려온 계단을 다시 뛰어 올라갔다. 셔터가 내려진 개찰구 앞을 지나 북쪽 출구 계단으로 내려갔다. 광장 건너편에 세워둔 애차의 전조등이 켜져 있었다.

큰일이다. 깜빡하고 끄지 않았다. 어쩌면 최악의 사태에 직면한다. 배터리가 방전되어 시동이 안 걸리면…….

부리나케 차로 달려갔다. 놀랍게도 차문도 잠그지 않았다.

운전석에 앉았다.

먼저 앉아버린 탓에 주머니에서 열쇠를 꺼내느라 끙끙거렸다. 등받이에 몸을 기대고 허리를 든 후, 주머니에 손을 밀어넣어 손끝으로 간신히 열쇠를 끄집어냈다.

기도하는 심정으로 열쇠를 꽂고, 곧바로 돌렸다.

시동기가 힘없이 돌아가서 살을 에는 듯한 심정이었다. 회전이 늦어지며 숨이 끊기기 직전, 엔진이 가까스로 되살아났다.

그제야 안심이 되어 큰 숨을 몰아쉬었다.

내비게이션 앱을 켜고 목적지에 '오쓰키 역'을 입력했다.

2.8킬로미터, 자동차로는 6분, 도보로는 33분. 가깝다. 충분히 걸어갈 수 있는 거리. 만약 새벽 2시에 그녀가 사루하시 역을 출발해서 걷기 시작했다면, 2시 반 무렵에는 도착한

다. 현재 시각은 3시 12분. 마리가 오쓰키에 도착한 지 50분 후면 나도 그곳에 도착한다.

희망이 솟아났다. 만날 가능성이 있다.

20번 국도를 따라 달리자 얼마 지나지 않아 오쓰키 역이라는 신호가 있는 교차로가 눈에 들어왔다. 우회전을 하자 바로 역 앞의 로터리가 나왔다. 그 중심에는 야외 주차장이 있었다.

천천히 돌아보았다. 로터리 옆에 가게는 있지만, 물론 불이 꺼진 상태였다. 역 건물 앞에 택시승강장은 있었다. 그러나 택시는 한 대도 없었다. 마지막 전철이 도착한 뒤로 두 시간 이상 경과했다. 평범하게 생각하면, 이곳에 올 이유가 있는 인간은 이미 없는 것이다.

한 바퀴를 돌아보고, 다시 역 앞으로 돌아갔다. 차에서 내려 산속 오두막 풍으로 지은 역 건물로 들어갔다. 전조등은 잊지 않고 껐다.

개찰구는 셔터가 내려져 있었다. 주위에는 개미 새끼 한 마리도 보이지 않았다.

역 건물을 등지고 서서 로터리를 둘러보았다. 공중화장실에 불이 켜져 있었다.

"야나세 마리 씨, 있나요?"

여자 화장실 입구에서 안을 향해 불러보았다. 낯선 지역에 와서 의기소침한 마음으로 변기에 앉아 있는데, 느닷없이 자기 이름이 불린다면 흠칫 놀랄 것이다. 그러나 적어도 전화로 상황을 알린 지인이 한 명은 있으니, 이름을 부르면 그 사람이거니 하겠지.

최소한 한 명은 그 상황을 아는 지인이 있다.

미처 생각지 못했다. 한 명이 아닐지도 모른다. 이미 누군가가 그녀를 데리러 왔을지도 모른다. 예를 들면 지금 그녀가 사귀고 있는 연인……

자기가 떠올린 가설에 질투심이 솟구쳤다. 쓸데없는 생각은 하지 말자.

남자 화장실에 들어가서 볼일을 보았다.

"마리, 그쪽에 없는 거지?"

마지막으로 다시 한 번, 여자 화장실을 향해 말을 건넸다. 물론 대답은 없었다.

이번에는 걸어서 로터리를 돌았다.

불 꺼진 식당 옆에서 '비즈니스호텔'의 작은 간판을 찾아냈다. 그리 큰 건물은 아니지만, 그 건물의 3층이 호텔인 듯했다. 입구의 조명은 꺼져 있고, 문이 잠겨 있었다. 스마트폰으로 호텔 이름을 검색해 전화를 걸어보았다. 자동응답기였다.

도시의 호텔은 24시간 출입할 수 있지만, 전철도 안 다니고 주위의 가게도 모두 닫아버린 이 시간의 이 장소에서는 프런트 업무도 종료해버렸겠지.

그녀가 이 호텔에 묵을 가능성은?

혹시 몰라서 마리에게 다시 전화를 걸어보았다.

"지금 거신 번호는……."

무사히 체크인을 했다면 가장 먼저 충전부터 할 것이다. 충전기에 연결하면 전화할 수 있다. 내 전화에 수신 내역도 없었다. 그녀의 전화기 배터리는 여전히 방전 상태였다. 이 호텔이 아니라고 해도 숙박 시설 안에는 없다는 뜻이다.

범인의 은신처를 찾아내는 추리극의 탐정 같은 짓을 하고 있었다.

프로그램의 디버깅 작업을 하는 느낌이었다. 프로그램이 원활하게 작동하지 않는 원인이 어디에 있는지 가설을 세워서 그 가능성을 하나하나 없애나간다. 남은 장소에 오류(버그)의 원인이 있다.

마리와 헤어지고 얼마 후, 연구를 포기하고 소프트웨어 개발 회사에 들어갔다. 탄력적 근로시간제라 회의가 있는 날만 제외하면, 재택근무를 해도 상관없다. 게다가 대부분의 회의는 집에서 인터넷을 통해 얼굴을 보며 대화를 할 수 있다. 이런 근무 방식은 적어도 지금의 나에게는 잘 맞는다.

　자, 그건 그렇고. 마리는 어디에 있을까.

　벽에 부딪혔다. 그러나 앞으로 나아갔다.

　그녀가 없는 장소 몇 곳은 특정할 수 있었다. 실패한 실험과 마찬가지다. 성공에 가까워지고 있다. 다만 없는 걸 안 장소는 지구상의 티끌만 한 장소에 불과할 뿐이다. 아직 찾아보지 않은 장소에 마리가 있다.

　운전석으로 돌아갔다. 밤에 일해온 덕분에 아직 졸리지는 않았다. 피로가 몰려오기 전에 집에서 챙겨온 영양 음료를 마셨다.

　달다. 타우린 2,000밀리그램, 비타민 B군, 무수카페인(수분이 없는 카페인 - 옮긴이), 아스파라긴산염. 달콤한 맛과 성분 표시가 플라세보 효과를 내서 기운이 났다.

　이제 어떻게 할까.

　마리는 아마도 오전 2시 반 무렵까지 사루하시 역 앞에 있었다. 한 시간가량 같은 장소에 머물러 있었다. 개미 새끼 한 마리도 없는 장소에서 더 이상 가만히 있을 수는 없다. 사슬에 묶이지 않은 인간은 뭐든 적극적인 행동을 하게 마련이다.

'적극적인 행동' 중 하나는 방금 내가 한 것처럼 '오쓰키 역까지 가보는' 것이다. 걸어서 약 30분.

오쓰키에 가보는 것 외에 사루하시 역에 있었던 그녀가 할 수 있는 적극적인 행동은 뭐가 있을까?

어쩌면…….

풀 마라톤 30~34세 여자부

종목별 순위 10/180, 등번호 3355 야나세 마리, 기록(그로 스타임) 3:36:40, 종합 순위 46/1332

이것일지도 모른다.

기억이 나서 '야나세 마리 마라톤'으로 검색해보니, 그녀의 이름이 떴다.

야마나시 현에서 개최된 시민마라톤에서 부문별 10위에 든 '야나세 마리'. 그 밖에도 사이타마 현, 가나가와 현의 큰 대회에서도 같은 이름이 떴다. 기록은 3시간 36분에서 3시간 52분.

둘이 교제했을 무렵, 체력 훈련을 위해 달리기는 했다.

그러나 풀 마라톤 대회에 출전한 적은 없었을 것이다. 그녀는 운동선수 출신이다. 새로운 뭔가를 시도해보고 싶어졌을 때, 마라톤을 해보려는 건 지극히 자연스러운 일로 여겨졌다.

수영으로 단련된 폐활량도 있다. 심장도 강하다. 훈련 방법도 안다. 짧은 기간에 네 시간 이내로 달리게 되었다 해도 신기할 건 없다.

이 야나세 마리가 내가 잘 아는 그 야나세 마리일까? 확신할 수는 없지만, 그럴 가능성은 높다.

야나세 마리라는 이름을 가진, 마라톤을 하는 서른 살에서 서른네 살 사이의 여성이 적어도 한 명은 있다.

폴로는 바로 시동이 걸렸다.

아무도 없는 오쓰키 역 앞 로터리를 급가속으로 벗어나 20번 국도를 달리기 시작했다.

마리는 분명 이 길로 도쿄까지 달려가려는 것이다.

달려가주길 바라는 마음이었다.

고쿠분지 역까지의 거리는 62킬로미터. 내 다리로 달리기에는 너무나 멀다. 그러나 42킬로미터를 달려본 경험이 있는 사람에게는 아무도 없는 사루하시 역에서 첫차가 올 때까지 세 시간을 기다리느니 차라리 같은 시간 동안 도쿄를 향해 달려가는 게 더 마음 편하지 않을까.

분명 중간 어디쯤에서 주오선의 도쿄행 첫 전철이 움직이기 시작할 것이다. 주오선의 선로와 국도는 도쿄까지 멀지도 가깝지도 않은 간격으로 나란히 뻗어 있다.

그냥 가만히 기다리기보다는 자신의 힘으로 국면을 해결하려 할 것이다.

내가 아는 야나세 마리는 그런 여자였다.

42킬로미터를 세 시간 반에 달리는 그녀의 속도는 시속으로 환산하면 12킬로미터다.

사루하시 역에서 2시 반에 출발했다고 가정하면, 3시 반인 현재 마리는 최고속도로 12킬로미터쯤 앞에서 달리고 있을 것이다.

그런 그녀를 오쓰키 역에서부터 시속 60킬로미터 자동차로 따라간다.

몇 분 후에, 몇 킬로미터 앞에서 그녀를 따라잡을 수 있을까.

속도와 시간에 관련된 산수 문제다. 초등학교 산수의 응용 문제. 인간과 자동차를 이용한 산수 문제 실험이 지금 바로 시작된다.

그녀가 국도를 자력으로 달리고 있는 한, 이 문제에는 반드시 답이 있다.

라디오에서 흘러나오는 '라디오 심야방송'의 차분한 말투가 조급해지는 마음을 기분 좋게 가라앉혀주었다.

마음은 급했다. 그러나 속도를 높일 필요는 없다. 같은 길을 달리기와 자동차의 속도 차를 이용해 거슬러 가다 보면, 반드시 따라잡을 수 있다. 단, 마리가 국도에서 벗어나지만 않는다면.

도중에 국도에서 벗어나 어느 역으로 갈지도 모른다. 그녀에게 남은 체력이 어느 정도인지는 알 수가 없다.

피곤에 지친 그녀가 도로변에 앉아 있을지도 모른다. 그것을 놓치지 않기 위해 도로 양쪽을 살피며 달릴 수 있는 속도로 낮췄다. 가끔 뒤에서 대형차가 따라붙으면, 왼쪽으로 피하며 깜빡이를 켜서 먼저 보냈다. 속도를 올리고 싶지 않았다. 백미러로 뒤를 살피지 않고, 모든 주의력을 다해 마리를 놓치지 않게 집중하고 싶었다.

사루하시에서 두 번째 역인 야나가와 역부터는 역이 가까워질 때마다 국도에서 벗어나 역 앞까지 들어가서 마리가 있는지 확인하기로 했다.

사루하시 역에 갔을 때, 혹은 오쓰키 역에 갔을 때처럼 차에서 내려 아무도 없는 역 앞에 서도 눈앞의 광경에 절망적인 기분은 들지 않았다. 역에 없어도 상관없다. 역에 없으면 그녀는 국도를 달리는 것이다. 역에 앉아 있는 그녀보다는 도쿄를 향해 열심히 달리고 있는 그녀를 보고 싶었다. 그래서 역 앞에 없는 걸 확인하면, 오히려 더 마음이 놓였다.

시오쓰 역 앞을 벗어나서 국도로 다시 접어들었을 때, 앞 유리창에 빗방울이 떨어졌다. 이제 곧 8월도 끝나가는 마당인데, 다시 기승을 부리는 불볕더위 때문에 강한 상승기류가 만들어진 탓일까.

더는 내리지 않으면 좋을 텐데. 그저 기도하는 수밖에 없다.

우산은 없겠지. 설령 있다 해도 가로등도 변변찮은 산간지역의 길을 우산을 쓰고 걸어야 한다면, 절망적인 기분에 젖어들 것이다.

이 주변 국도에는 보도가 한쪽뿐이다. 도로는 그런 대로 정비해서 평평하지만, 보도는 울퉁불퉁하고 경사도 있어 보였다. 달리기에는 보도보다 도로가 훨씬 더 편할 테지만, 이 시간에 도로를 달리는 사람이 있다고 상상하는 운전자는 있을 턱이 없다. 눈에 잘 띄는 밝은색 운동복이 있을까.

괜찮다.

그녀는 강하다.

운동선수다.

마라토너다.

스스로에게 들려주었다. 마리가 강하다는 사실이 걱정 때문에 금방이라도 좌절할 것 같은 자신에게 오히려 더 큰 위로가 되었다.

차를 천천히 운전해서겠지. 한동안 앞에는 다른 차가 보이지 않았다. 반대편 차선에도 없었다.

왼쪽 커브 안쪽의 반대편 차선에서 오랜만에 자동차가 나타났다.

그 차의 전조등 불빛에 앞유리창의 빗방울이 반사되어 앞을 보기 힘들었다. 어느새 빗줄기가 거세져 있었다. 재빨리

가속페달에서 발을 떼고, 부랴부랴 와이퍼를 작동시켰다.

창을 열고 오른손을 밖으로 내밀었다.

팔뚝에 잇달아 빗방울이 떨어졌다. 그리고 젖은 피부에서 체온이 금세 빠져나갔다.

그녀를 최대한 빨리 따라잡아야 한다.

초조한 마음이 다시 고개를 쳐들었다. 그러나 비 때문에 시야는 아까보다 불분명해졌다. 지금보다 속도를 높이면 놓쳐버릴지도 모른다.

조금 전까지는 그녀를 반드시 찾을 수 있다고 자신만만했는데, 갑자기 불안감에 압도되기 시작했다.

다시 와이퍼 속도를 올렸다.

비는 점점 더 거세져서 차 지붕에 떨어지는 빗소리가 커졌다. 이렇게 쏟아지면, 우산을 안 쓰고 밖에 있으면 5분 만에 흠뻑 젖는다.

길이 왼쪽으로 커브를 그리기 시작했다.

꺾이는 길 앞쪽을 주의하면서, 커브 바깥쪽의 반대편 차선 너머에 있는 보도를 달리고 있는 사람이 있는지 놓치지 않고 살펴봐야 한다.

커브 바깥쪽에서 안쪽으로 시선을 돌리고 얼마 안 돼서 길이 직선으로 탁 트인 시야 끝으로 노랗게 반짝이는 뭔가가 어른거렸다.

처음에는 표지판인 줄 알았다.

미세하게 위아래로 움직였다.

가까이 다가갈수록 노랗게 반사되는 것 밑에서 빨갛게 깜빡이는 불빛이 보였다. 노란 신발 뒤축도 빛을 반사시켰다.

사람이다. 사람이 달리고 있었다.

배낭을 멘 여자가 달리고 있었다.

경적을 울렸다.

그녀는 놀란 표정으로 이쪽을 돌아보았고, 그리고 멈춰 섰다.

파르께한 전조등 불빛에 반사된 얼굴은 겁에 질리고, 뺨에는 빗물에 젖은 머리카락이 들러붙어 있었다.

"마리!"

갓길에 차를 세우며 소리쳐 불렀다.

"말도 안 돼……."

"일단 빨리 타기나 해."

몸부터 닦지 않으면 조수석 시트가 다 젖어버릴 거라며 주저하는 마리의 어깨를 문 안쪽으로 떠밀었다. 그 어깨는 완전히 냉랭해져서 놀라울 정도로 차가웠다.

히터를 틀자 유리 안쪽이 순식간에 부옇게 흐려졌다.

에어컨 패널과 송풍구를 조정했지만, 부연 막이 걷힐 때까지는 시간이 좀 걸릴 것 같았다. 급하게 출발할 필요는 없다. 이제는 그녀를 집까지 바래다주는 일만 남았을 뿐이다.

"고마워. 순간적으로 정말 신이 나타난 줄 알았다니까. 별안간 울린 경적 소리에 깜짝 놀라긴 했는데, 전조등 모양으로 가즈야 차인 줄 알았어. 아직 이 차 타고 다니는구나."

얼굴에 붙은 젖은 머리카락을 귀 뒤로 쓸어 넘기며 그녀가 말했다. 입술은 보랏빛으로 물들어 있었다.

"생각해보니 4년 만에 전화하는 거더라. 서로 연락 안 하기로 한 게 브라질 월드컵이 열린 해였으니까."

말투가 매우 빨랐다.

"데리러 와달라고 전화한 거 아니었어?"

아주 잠깐, 말을 삼키듯이 입술만 움직였다.

"아무래도 그런 뻔뻔한 부탁은 못하지. 이젠 네 여자친구도 아니잖아. 다카오라면 몰라도 사루하시인데."

"다카오였으면 데리러 와달라고 할 생각이었어?"

"어휴, 배터리까지 떨어지고."

얘기를 슬쩍 돌렸다.

부연 앞유리창이 선명해졌을 즈음, 기어를 넣고 천천히 차를 출발시켰다.

"사루하시에서 몇 시에 출발했어?"

"2시 정각."

예상보다 빠른 결단이다. 그녀답다고 보자면 그녀답다.

"뛰기 전에 자동판매기에서 캔커피 샀어?"

"응, 샀어. 당분을 섭취해야 달릴 수 있을 것 같아서. 엇, 근데 어떻게 알아?"

"당첨돼서 한 개 더 나온 건 몰랐나?"

"어머~. 당첨되는 판매기였구나. 그러고 보니 난데없이 징글벨이 울려서 이상하다 했는데. 어쩌면 그게 당첨 음악이었겠네."

"징글벨? 여름인데?"

"진짜 이상하지?"

"아하, 알겠다. 매입이네."

"매입이라니?"

"음료 자동판매기 설치는 대여랑 매입 방식이 있어. 대부분은 대여야. 대여인 경우, 주인은 설치 장소를 제공하고 전기 요금을 부담하지. 기계 설치나 상품 보충은 물론이고, 빈 캔이나 돈 회수도 업자가 전부 맡아서 해줘. 장소를 제공한 주인은 매출의 몇 퍼센트 정도의 돈만 받아. 시간과 수고가 들진 않지만, 이윤 폭이 작지. 매입은 설치 장소의 주인이 판매기 자체를 사들여서 자기가 전부 관리하는 방식이야. 맨 처음에 돈이 좀 들고 시간과 수고도 들지만, 수입은 전부 자기 몫이야. 대여는 보통 여름에는 계절에 맞게 전부 시원한 음료로 바꾸는데, 그 판매기에는 따뜻한 음료도 있었잖아. 다시 말해 주인이 겨울 설정인 채로 바꾸질 않은 거지."

"그래서 징글벨이 울렸단 말이야?"

"아마도."

"그건 그렇고, 가즈야, 어떻게 그렇게 자세히 알아?"

"지금 음료 제조업체의 유통 시스템 개발 일을 하고 있어. 통신회선을 이용해서 어디 판매기에서 무엇이 팔리고, 어디가 재고가 떨어질 것 같고, 어디가 거스름돈이 부족한지 예측해서 때맞춰 음료수를 보충해주고, 트럭을 손실 없이 효율적으로 운용한다. 뭐, 그런 일이지."

"왠지 학교에 있을 때보다 즐거워 보이네."

"뜻밖이지만, 최근에는 나도 그런 생각이 들기 시작해."

"가즈야, 얼굴 좋아 보인다."

대답할 말이 궁했다. 굳이 무리하게 대답할 필요는 없다.

"매입한 구식 기계에는 우리 시스템이 적용되지 않아."

"하지만 난 추워서 따뜻한 음료를 마시고 싶었으니까, 오히려 더 고맙지."

"그래서 거기 있는 게 네가 당첨된 거야. 내가 대신 들고 왔어."

중앙 콘솔의 드링크홀더를 가리켰다. 거기에는 캔커피와 마시다 만 페트병이 꽂혀 있었다.

"아, 맞다. 이거야. 그런데 난 줄 어떻게 알았어?"

"아직 따뜻했으니까."

"지금은 차가운데."

의미가 통하지 않은 것 같았지만 더 이상은 설명하지 않았고, 그녀도 설명을 요구하지 않았다.

"이 차, 마셔도 돼?"

"으응, 내가 마시던 건데."

"아, 위험해. 간접 키스다. 임신하면 어쩌지."

똑같은 대화를 몇 번이나 했을까. 마리는 이미 우롱차 페트병을 입에 대고 목젖을 울리며 벌컥벌컥 들이켰다.

빗줄기는 약해졌다. 히터 효과로 뺨이 달아올라서 중앙 루버를 밑으로 내렸다.

"정말로 데리러 와주길 바라고 전화한 거 아니야?"

비 냄새가 났다.

마리의 몸에 닿은 온풍이 이쪽으로 날아오는 걸까.

"옷 젖어서 갈아입을래."

그녀는 말이 끝나기가 무섭게 익숙한 손놀림으로 조수석 등받이를 뒤로 젖히더니, 신발을 벗고 몸을 위로 미끄러뜨리며 뒷좌석으로 이동했다. 거기에 갈아입을 옷이 들어 있는 배낭이 있었다.

예전에도 드라이브를 하다 갑자기 다리가 부었다느니 허리가 뭉쳤다느니 하며 뒷좌석으로 가서 팔다리를 쭉 펴거나 드러눕거나 했다.

"옷 갈아입을 거니까 보면 안 돼."

조수석과 운전석 틈새로 몸을 내밀고, 팔을 뻗어 룸미러를 엉뚱한 방향으로 돌렸다. 어깨 너머 몇 센티미터 되는 곳에서 그녀의 젖은 몸이 나타났다 사라졌다.

"빨리 해. 뒤에서 차 와도 안 보이잖아."

차는 국도를 벗어나 주오 고속도로의 사가미코 인터체인지로 접어드는 중이었다.

"어머머 안 돼, 요금소잖아. 보인단 말이야."

"괜찮아, ETC(한국의 하이패스에 해당한다 – 옮긴이) 전용 출구야."

실내 온도가 올라갔고, 춥고 몹시 지쳤을 그녀가 편안하게 쉬기 시작했다.

"난데없이 수업 한 시간을 대행하는 바람에 양말에다 예비 운동복까지 써버렸어. 땀범벅이지만, 그래도 비에 흠뻑 젖지는 않았으니 그나마 낫네. 신발은 안 젖은 스튜디오용을 신으면 돼."

신발을 들고 뒷좌석에서 조수석으로 넘어와 새 신발로 갈아 신고, 빗속을 달려서 젖은 신발은 뒷좌석 밑에 내려놓았다. 그리고 등받이를 원래 위치로 되돌리고, 처음처럼 조수석에 자리를 잡고 앉았다. 파스텔블루 운동복의 팔에는 사모트라케의 니케 날개를 본뜬 로고가 새겨져 있었다.

"그건 그렇고, 어디로 데려다주면 돼? 아직 그 아파트에 살아?"

대답이 없었다.

하치오지 인터체인지를 지났다. 고쿠분지면 구니타치후

추에서 고속도로를 벗어나야 한다. 앞으로 10분 정도의 거리다.

비는 멈췄다.

차 안은 지금 비 냄새가 아니라 희미한 그녀의 냄새로 가득 차 있었다.

"오늘도 일해?"

"아니, 쉬는 날이야. 너는?"

"일해. 늘 그렇듯이 오후부터."

더 이상의 대화는 없이, 차는 구니타치후추 인터체인지를 지나갔다. 그녀도 틀림없이 출구 표지를 보았을 것이다.

"큰 욕조가 있는 데가 좋아."

그것은 처음 들어갔던, 어느 특별한 '욕조' 얘기다.

하늘이 서서히 밝아졌다.

새벽이다.

달려가는 방향에 고층 빌딩이 늘어서 있었다.

계속 달려온 주오 고속도로는 그대로 수도고속도로 4호선으로 연결된다.

신주쿠 출구로 나와서 왼쪽으로 꺾었다.

신주쿠 중앙공원과 도청 사이에는 자동차가 한 대도 없

었다.

우회전을 하고 잠시 후, 오가드가 눈에 들어왔다.

오가드 앞의 교차로에는 첫 전철을 타러 가는 수많은 사람들이 신호를 기다리고 있었다. 그것은 최근 몇 시간 만에 처음 보는 사람들이었다. 밤을 새우고 피곤에 지쳐 말이 없는 사람들이라도, 어디 사는 누군지 모르는 사람들이라도, '사람'이 있어주는 것만으로도 마음속 깊은 곳이 따뜻해지는 기분이 들었다.

구청 앞을 지나 '신주쿠 배팅센터' 모퉁이에서 호텔 거리로 접어들었다.

마리는 과묵해졌다.

방문을 닫자마자 선 채로 그녀를 끌어안았다.

"아……, 나한테서 땀 냄새 나."

그녀는 어깨를 움츠리며 작아졌다.

언젠가 지금처럼 똑같이 작아진 그녀의 목에 입을 맞췄을 때는 수영장 냄새가 났다. 그러고 보니 그날도 무더웠던 여름이 끝나가던 8월의 마지막 금요일이었다.

몇 시간 전에 술을 마신 거리로 마리를 다시 데려옴으로써 몇 년 전으로 되돌아온 듯한 기분도 들고, 앞으로 나아간 듯한 기분도 들었다.

첫차가 움직이기 시작하는 시간에 취하지 않은 말짱한
얼굴로 가부키초에 있다니, 두 사람에게는 처음 있는 일이
었다.

· 제5화 ·

밤의 가족

사와키 겐타가 기다리고 있는 차로 걸어오는 뮬(여성용 슬리퍼의 일종 - 옮긴이) 소리만으로도 마리아가 화가 났다는 걸 알 수 있었다.

조수석 문을 거칠게 열어젖힌 그녀와 함께 밤의 열기가 밀려들었다.

8월의 마지막 금요일, 거리에는 여름과 가을 옷들이 뒤섞여 있었다.

"아, 진짜 열받아."

목욕 비누 냄새를 풍기며 조수석에 앉은 후, 앞을 바라본 채 불만을 쏟아냈다.

"또 설교 아저씨야?"

"응, 맞아. '이런 일 계속하지 말고, 제대로 된 일자리를 찾아야지.' 자기가 돈 내고 여자나 사는 주제에 그 여자한테 어떻게 그런 말을 해. 가당치도 않아, 정말!"

남자는 왜 술집이나 성인 업소에서 일하는 여자에게 똑같은 설교를 늘어놓을까. 그것은 이 업계에 종사하는 인간이라면 누구나 갖는 의문이다. 돈을 주고 여자를 산다는 꺼림칙한 양심의 가책 때문에 그 반대급부로 사회적으로 인정받는 '모범적인 삶'을 끄집어내어 설교를 늘어놓음으로써 양식 있는 인간처럼 보이고 싶어서일까. 아니면 자신이 안고 있는 그런 콤플렉스 때문에 오히려 더 내려다보는 듯한 말로 심리적인 균형을 유지하려는 걸까.

"'말 못할 사정이 있는지는 모르지만, 성실하게 차근차근 일해서 돈을 모으는 게 최고야. 이런 짓 하는 걸 알면, 부모님이 피눈물을 흘릴 걸.' 그러는 거 있지. 또 그딴 소리냐고! 아 진짜, 욕이나 확 퍼부어버리고 싶어. 부모 때문에 피눈물 흘리는 사람은 정작 난데, 뭔 소리를 지껄이는 건지."

마리아가 대학에 막 다니기 시작했을 무렵, 아버지가 빚을 지고 집을 나가버렸다.

전업주부였던 엄마가 그 빚을 갚으려고 사무직 일을 시작했지만, 시급 950엔으로는 빚을 갚기는커녕 하루하루 살아가기도 빠듯했다. 다행히 아버지가 인감도장을 두고 가서 호적상의 숙부에게 아버지 명의의 토지와 가옥을 팔아달라고 부탁해서 빚의 대부분은 갚았다고 한다.

그러나 임대주택이라 임대료를 내고 나면 손에 남는 돈이 얼마 되지 않았다. 마리아의 대학 학비까지는 감당할 수가 없었다. 대학을 졸업하려면 마리아가 자기 힘으로 직접 학비를 벌어야 했다.

이 나라에서는 부모가 학비를 내주지 않으면, 자력으로 대학을 졸업하기는 거의 불가능하다. 남아 있는 얼마 안 되는 선택지가 성인 업소였다.

그렇게까지 해서 대학을 졸업하면, 과연 무슨 의미가 있을까.

고등학교를 졸업하자마자 바로 일하기 시작한 겐타로서는 대학의 가치를 알 길이 없었다. 굳이 알려고 하지 않으려 애썼다. 어머니가 얼마나 고생해서 보내준 고등학교인가. 간단한 계산만으로도 자기가 대학에 가는 건 무리라는 결론이 났다. 툭하면 "대학을 못 보내줘서 미안하다"는 말을 꺼내는 어머니를 더는 견디기가 힘들어서 고등학교를 졸업하자마자 제 발로 집에서 나왔다.

"장학금은 못 받나?"

맨 처음 마리아의 개인 사정을 들었을 때, 젠타가 물었다.

"제 맘대로 빌려갔어."

무슨 의미인지 알 수가 없었다.

"아버지가 자기 맘대로 내 명의로 장학금을 대출했단 말이야. 은행에서 사업 자금을 빌리는 것보다 장학금을 빌리는 게 이자가 싼가 봐. 어쩌면 은행에서 이제 더는 못 빌려준다고 했을지도 모르지. 송금해주는 장학금을 운영자금으로 쓴 것 같아. 너무 놀랐어. 장학금 신청서를 냈더니 '당신은 이미 지급받고 있습니다'라는 답장이 온 거야. 내 명의의 빚이면, 나중에 내가 그 몫까지 갚아야 한다는 뜻이잖아."

마리아는 그때부터 바로 인기 있는 아가씨가 되었고, 금요일과 토요일 이틀 밤에 대체로 네댓 명의 손님이 찾게 되었다. 거의 대부분은 단골손님이라 약 두 달 후까지 예약이 차 있다. 90분 코스에 1만 8,000엔. 그중 60퍼센트를 그녀가 갖고, 나머지 40퍼센트는 가게에서 챙긴다.

그 40퍼센트에서 '딜리헬스 Delivery+Health(출장 성 접대 - 옮긴이) 드라이버'인 나의 급료가 나온다. 하루 열 시간 근무에 정해진 일당은 1만 5,000엔.

마리아가 예약을 많이 따낼 수 있는 것은 단지 인기 때문만은 아니다. 그녀가 정해진 날에는 반드시 일하러 나오기 때문이다. 원래 물장사나 성인 업소에서 일하는 이들 중에는 약속을 잘 안 지키는 인간이 많다. 특히 출장 성 접대는 육체적으로나 정신적으로나 고된 일이라 자율 출근이 원칙이다. 손님은 인터넷으로 아가씨의 출근 상황을 확인하고, 원하는 날짜에 예약을 넣는다. 마리아는 출근하는 날을 미리 정해놓고, 그날은 반드시 출근했다.

가게는 아가씨가 없으면 장사를 못한다. 아가씨만 있으면 장사는 가능하다.

꼬박꼬박 출근하는 아가씨는 가게 입장에서 보면 더없이 고마운 존재다. 한 번 부른 아가씨가 마음에 든 손님이 언제 또 같은 아가씨를 만날 수 있을지 안다면, 꽝을 피할 수 있다. 게다가 인기가 많아서 예약을 해야만 만날 수 있다는 얘기를 들으면, 미리 예약하고 싶어진다.

마리아는 자력으로 선순환구조를 만들어냈다.

"괜찮으시면, 또 불러주세요."

일을 마친 후에는 반드시 그 말을 하고 나온다. 그녀는 그 때 예약을 따내고 만다. 그리고 예약이 있는 날은 무슨 일이 있어도 반드시 출근한다.

팁을 받을지도 모른다. 그러나 가게는 그 부분에 관여하지 않는다. 아가씨를 지정받은 장소로 데려다주고, 끝난 후에는 데리러 간다. 그것이 매장이 없는 '가게'의 서비스이고, 그동 안은 고객과 아가씨 단둘만의 시간이다.

적어도 표면적으로는 딜리헬스 같은 출장형 유흥업이 성 적 서비스이긴 하지만 매춘은 아니다.

현장에서 자유연애가 있을지도 모르지만, 그것을 가게에 서 알고 금전 관리를 한다면 엄연한 위법행위다. 그래서 가 게에서는 웹사이트에 명시된 금전 교환에만 관여한다. 아가 씨가 챙기는 몫을 높여서 예쁜 아가씨를 많이 모집해두면, 굳이 위험한 다리를 건너지 않아도 돈벌이가 되는 것이다.

"딸 또래 아가씨랑 돈을 주고 관계를 가지면, 누구나 심경 이 복잡해지겠지. 40대 이상의 손님이 설교 꼰대가 되는 건 지극히 자연스러운 일이야. 속으로 양심의 가책을 느끼는 사 람이 더 안심되긴 하잖아."

똑같은 대화를 몇 번이나 했을까. 마리아뿐 아니라 다른 아가씨들과도.

"그건 그렇지."

그녀들이 바라는 건 해결책이 아니라 동의를 해주는 것이다. 모든 걸 다 동의하진 않더라도 이의를 제기하지 않고 자기 얘기를 들어주는 것이다.

3년 전에 운전면허를 따자마자 스포츠 신문에서 '운전기사'라는 직종을 발견하고, 일당을 받는 이 일에 응모했다.

고등학교를 나온 후, 파친코에서 제공해주는 숙소에 살면서 일한 경력뿐이었다. 체력에는 전혀 자신이 없다. 스마트폰에 나오는 일반적인 구인 사이트 일들은 겹치기로 일하지 않는 한, 하루에 1만 엔 이상을 벌기가 어렵다는 걸 알았다. 그리고 고생해서 손에 넣은 운전면허도 활용하고 싶었다.

스포츠 신문의 구인란에는 이상하게 보수가 좋은 일당 일들이 있었다. 그냥 '운전기사'라고만 쓰여 있던 이 일도 그중 하나였다.

면접을 보는 날, 지배인은 들고 간 이력서에는 거의 눈길조차 주지 않고 면허증만 확인한 후 그 자리에서 바로 채용해주었다. 통칭 딜리버리헬스, 즉 출장형 성매매인데 손님이 있는 곳에 여성을 데려다주는 일이었다.

거기에서 맨 처음 가르쳐준 것.

아가씨는 돈을 낳는 소중한 상품이다. 너의 급료도 아가씨가 싫은 일도 참아가며 벌어온다. 아가씨가 스스로 말하지 않는 한, 개인 사정을 묻지 마라. 아가씨의 말을 거스르지 마라. 시키는 것들 중에 가능한 일이면 뭐든 다 해라. 그리고 마지막으로, 현장에는 예외 상황이 아주 많다는 내용이었다.

운전기사로 일하면서 알게 된 사실도 있다.

실은 대부분의 아가씨가 자기 사정 얘기를 들어주길 원한다. 그걸 잘 이끌어내서 그 아가씨가 한차례 자기 얘기를 하고 나면, 아주 온화한 표정으로 변하곤 했다. 그것을 깨달았을 때, 어쩌면 내가 하는 일이 좋은 일이 아닐까 하는 생각이 들었다.

대기소에서 기다릴 때, 아가씨들끼리 대화하는 모습은 즐거워 보인다.

그러나 겐타의 차에서 둘만 있으면, 그녀들은 다른 표정을 드러낸다. 화내고, 미워하고, 절망하고, 포기하고, 좌절하고…… 부정적인 감정을 자기 가슴속 깊이 감추고, 억지로라도 기쁨을 찾아내려 애쓰며 살아가는 걸 알게 된다. 그것을 어디서든 쏟아내지 않으면, 인간은 절대 살아갈 수가 없다.

힘들게 일해서 번 돈으로 호스트클럽에서 노는 아가씨들도 있었다. 그녀들 또한 자기 얘기를 들어주는 사람, 그 순간만이라도 자기를 소중하게 대해주는 인간을 찾는 것이다.

일을 해도 자기가 돈에 팔리는 것, 가격이 매겨지는 것으로 타인의 눈에는 가치가 있는 존재임을 확인할 수 있다고 했다.

그런 의미의 말을 듣고 "고작 1만 8,000엔이야"라며 웃었을 때, "고작 90분에 1만 8,000엔이라고. 1년으로 치면 1억 엔이란 말이야"라고 그 아가씨가 받아쳤다.

물론 24시간 잠도 안 자고 쉼 없이 그 가치를 생산할 수는 없다고 따지고 들지는 않았다. 그녀가 뼈를 깎는 고생을 하며 손에 넣는 1억 엔을 은행 이자로만 챙기는 대부호가 세상에 존재한다는 생각을 하면 안타까운 심정도 들었다.

"과연, 대단하네."

매니저가 가르쳐준 대로 그녀의 말에 동의해주었다.

차는 커플들이 오가는 호텔 거리를 느릿느릿 지나가고 있었다.

가부키초의 러브호텔 거리에는 커플이 아닌 사람도 많이 지나다닌다. 그곳은 가부키초에서 살아가는 사람들의 생활

도로이기도 한 것이다.

커플들이 일상생활을 하는 사람의 시선을 신경 쓰는 기색도 없다. 러브호텔에 들어가는 커플도, 편의점으로 향하는 사람도, 업무 중인 사람도 같은 시간에 같은 장소에 당연하다는 듯이 공존한다. 이 거리에는 다른 거리보다 다양한 라이프스타일이 있고, 다양한 종류의 일이 있고, 다양한 생활 시간대가 있고, 다양한 사랑의 형태가 있고, 다양한 윤리가 있다. 그리고 그 각각이 어우러져 공존한다.

앞에서 걸어가는 남녀 커플은 연인 사이일지도 모른다. 불륜을 하는 상사와 부하 직원일지도 모른다. 매춘부와 손님일지도 모른다. 부부일지도 모른다. 남자끼리, 또는 여자끼리 걸어가는 두 사람이 연인 관계일지도 모른다.

조수석에 젊은 여자를 태우고 러브호텔 거리를 자동차로 천천히 지나가는 나는 이 여자의 연인도 아니고 손님도 아니다.

쇼쿠안 거리로 나온 언저리에서 편의점 앞에 차를 세웠다.

"당분 보충할 거지?"

"우와, 겐짱, 늘 고마워. 너무 좋아."

마리아의 표정이 한순간에 밝아졌다. 대부분의 아가씨보

다는 겐타가 연상이지만, 모두 다 친숙하게 겐짱이라고 불렀다.

"자 받아, 팥 모나카야."

"고마워. 우리는 육체노동이잖아."

늘 하는 대화다. 운전석과 조수석에서 유리 너머로 야경을 바라보며 주머닛돈으로 산 아이스크림을 둘이 함께 먹는다.

창밖에는 한글 간판이 늘어서 있다. 길 맞은편은 코리아타운이다.

한류 붐의 전성기 때보다는 가게 숫자가 줄었지만, 지금도 한국 요리를 먹으러 오는 일본인이 많다. 가부키초는 다국적 거리다. 국적뿐 아니라 다양한 인간들이 존재하고, 그것이 당연한 거리다.

"다음은 12시 반부터야. 이치겐 씨."

마리아가 직접 따낸 예약이 취소돼서 인터넷으로 예약이 들어와 있었다.

어디 사는 누군지도 모르는 남자와 밀실에서 시간을 보내야만 하는 것이다. 이 일이 아무리 익숙해져도 아가씨들이 공포심을 떨쳐낼 수는 없다.

"너무 싫은 손님이라도 신원을 아는 게 마음이 더 편해."

그녀가 예약 손님으로 출근하는 날을 채우려는 이유도, 그러려고 일하는 날을 성실하게 지키는 것도 새 손님한테 가기가 두렵기 때문이라고 말한 적도 있다. 그런데도 오늘처럼 돌연 취소되는 경우가 있게 마련이고, 새 손님을 꾸준히 개척하지 않으면 일을 해나갈 수가 없다.

"괜찮아. 호텔 루즈의 늘 이용하는 방이야. 처음부터 30분은 평소대로 가까운 데서 대기할게. 그사이에 다른 아가씨한테서 연락이 안 오면, 그대로 계속 기다릴지도 몰라. 무선송신기 건전지도 새로 교환했어."

그녀도 이미 다 아는 얘기다. 그래도 되풀이해서 말하며 괜찮다고 격려해주고 등을 밀어주는 게 운전기사의 역할이다.

"슬슬 가야겠네."

그녀는 앞을 바라본 채 고개를 살짝 끄덕이고, 둥글게 뭉친 팥 모나카 봉지를 건넸다. 겐타는 자기 봉지와 함께 재킷 주머니에 찔러 넣은 후, 깜빡이를 켜고 차를 출발시켰다.

좌회전을 반복하며 차를 야스쿠니 거리로 돌렸다. 구청 거리에서 일방통행인 하나미치 거리로 접어들어 호스트클럽의 큰 간판이 늘어선 언저리에 차를 세웠다.

"그럼 수고해. 스위치는 켜놨지?"

"어, 문제없어."

마리아가 가방 안을 확인하며 대답했다.

무선마이크를 가방 안에 숨겨놓았다. 아가씨의 안전을 지켜주기 위해서다. 맨 처음 30분, 차에서 그것을 수신한다. 도청이다. 상황이 이상하면, 휴대전화로 연락한다. 그 전화를 안 받으면 이상 사태로 판단하고, 다음 행동을 취하게 되어 있다.

그런 까닭에 처음 오는 손님인 경우에는 제휴한 몇몇 호텔의 특정한 방을 이용한다. 방은 여러 개 있지만, 그 모든 방의 전파를 정해진 장소에 주차한 차에서 수신할 수 있는지 늘 확인해둔다.

아가씨의 수입에서 40퍼센트를 챙기는 대신 전송과 마중, 신변의 안전을 확보하는 시스템을 제공한다.

마리아는 살짝 겁먹은 얼굴로 살며시 손을 흔들고 차에서 내렸다.

눈에 띄지 않게 조금 떨어진 곳에서 내려 손님이 기다리는 방으로 가는 것이다.

이쪽은 아가씨보다 먼저 호텔 근처로 가서 차 안에서 대기한다.

"들어갑니다."

호텔 앞에서 그녀의 속삭이는 목소리가 이어폰을 통해 들려왔다. 이쪽 수신기로 녹음을 시작했다.

"406호에서 기다리십니다."

"고맙습니다."

프런트 직원과 주고받는 대화가 들렸다. 호텔은 그 방이 어떤 식으로 이용되는지 알고 있다.

엘리베이터가 1층에 도착하는 소리. 문이 닫히는 소리. 위층에 도착한 소리. 문이 열리는 소리. 그리고 방문을 노크하는 소리.

"실례합니다."

문이 열리는 소리.

"안녕하세요. 오늘은 불러주셔서 감사……."

목소리가 중간에 끊겼다.

긴 침묵이었다. 전파는 이상 없이 통했다.

휴대전화가 울렸다.

"406호예요."

통화는 그 한마디뿐이었다. 무사히 돈을 받았고, 딱히 문제에 직면하지 않았다는 걸 전하는 절차다. 그와 동시에 손님의 눈앞에서 전화를 함으로써 이 방 안의 두 사람이 어떤 시스템의 관리하에 있음을 손님에게 넌지시 알리는 절차이기도 하다.

그 순간 이후로는 특별한 문제를 일으키지 않는 한, 손님은 지불한 돈에 맞는 서비스를 제공받을 수 있다.

그런데 전화를 하기 전에는 두 사람의 대화가 전혀 들리지 않았다.

손님이 말없이 돈을 건넸을까. 마리아는 그 돈을 감사 인사도 없이 그냥 받았을까.

그럴 리 없다. 이상이 없음을 알리는 전화였을 텐데, 평소와는 너무나 달랐다.

수신기에 표시된 신호강도를 확인하고, 소리가 새나가지 않게 귀에 댔던 이어폰을 다시 한 번 꾹 눌렀다.

음량을 높였다. 에어컨 소리일까, 위잉 하는 소음이 높아졌다.

바스락거리는 소리가 들렸다. 마침내 그녀의 가방을 방 어딘가에 내려놓은 것이다.

"네가 왜 여기 나타나."

처음으로 남자 목소리가 들렸다.

네가……? 아는 사이인가.

또다시 무음 상태가 되었다. 대체 무슨 일이지?

"당신이 불렀으니까 왔지."

쥐어짜내는 듯한 마리아의 목소리였다.

"그런 뜻이 아니야. 도대체 어떻게 된 거야?"

"어떻게 된 거냐고? 그건 내가 할 말이야. 당신 때문에 이
일을 하고 있어."

"돈 때문에 고생시킨 건 분명하지만, 다른 일도 있잖아."

"다른 일? 어떤 일이 있다는 거지?"

"그야…… 편의점 아르바이트도 있고…….."

"시급 1,000엔짜리 일로 대학을 졸업할 수 있다고 생각해?"

"대학생은 어디서나 아르바이트하잖아."

"대학 다니는 데 얼마가 드는지는 알아?"

"그건…….."

"그건 알겠지. 좋아, 다시 한 번 알려주지. 수업료가 1년에
82만 3,400엔, 시설 설비비 18만 9,000엔, 자 이것만 해도 벌
써 100만 엔이 넘지? 거기에 책값, 교통비…… 학교만 다니
는 데 한 달에 10만 엔 넘게 들어. 시급 1,000엔으로 일하면,
매일 다섯 시간씩 아르바이트해야 20일에 간신히 10만 엔이

야. 그렇게 아르바이트를 하면 공부는 못해. 리포트도 못 써. 물론 졸업논문도 못 쓰지. 대학생에게 10만 엔은 큰돈이야. 도대체 어떻게 대학을 졸업하지?"

필사적으로 감정을 죽인, 그리고 최대한 빈정거림을 담은 말투로 들렸다.

"노리코……."

남자가 '노리코'라고 불렀다. 그것이 그녀의 진짜 이름이란 뜻인가.

"나는 노리코가 아니라 마리아예요. 오늘은 손님께서 저를 여기로 불러주셨죠. 감사합니다. 가정 형편상 제힘으로 벌어서 대학을 졸업해야 해요. 손님께서 지불해주신 돈은 굉장히 소중한 돈이에요."

"노리코……."

또다시 긴 침묵이 흘렀다.

이어폰을 귀에 바짝 붙이며 한마디도 놓치지 않으려고 숨을 죽였다. 목이 몹시 말랐다. 지금껏 품어본 적이 없는 감정으로 가슴이 마구 뛰기 시작했다.

"담당자가 전화로 말씀드렸겠지만, 선불로 1만 8,000엔을 받게 되어 있어요."

"그만해."

"그만하긴 뭘 그만해!"

마리아가 소리친 목소리가 송신기 안에서 일그러졌다.

"당신이 불렀잖아. 빨리 돈이나 내. 90분 동안 당신이 원하는 대로 뭐든 다 서비스해드리지. 이게 내 일이야."

옷이 바스락거리는 소리가 들렸다. 마리아가 옷을 벗으려는 것이다.

"제대로 다 하려면, 추가 요금 10만 엔을 받아요. 비밀 엄수. 어때, 단돈 10만 엔에 친딸을 안을 수 있다니, 싸잖아? 당신이 10만 엔에 날 안아주면, 난 월말까지 이 일을 안 해도 돼. 딸을 안는 게 안 내키면, 이 자리에서 부모 자식 간의 연을 끊을까? 그럼 딸 또래의 젊은 아가씨를 품을 수 있어."

"그만해, 노리코. 그만하라고."

남자 목소리가 가까이 다가왔다.

가방을 뒤적이는 부스럭거리는 큰 소리가 들리고, 그쯤에서 송신기의 전파가 끊겼다.

어떡하지. 지금 당장 방으로 쳐들어가야 하나.

설마 진심으로 아버지에게 안기려는 건 아니겠지. 남자도 설마 친딸을 안진 않겠지. 생각은 그런데도 불길한 광경이 머릿속에 떠올랐다.

얼굴 없는 남자의 혀가 마리아의 귀를 핥는 역겨운 광경.

수신기를 주머니에 넣은 채 차에서 내려 길로 나갔다.

406호는 어디쯤일까. 송신기의 전파가 잘 닿도록 길 쪽에 있는 방을 사용한다. 보통 호텔과는 달리 올려다본 모든 창은 안쪽에서 차단해서 불빛이 새나오지 않는다.

그녀는 왜 송신기를 껐을까.

친아버지니 설마 폭행당할 위험은 없겠지. 아니지……. 바로 그 판단을 자신할 수 없었다.

그녀는 자기들 대화를 나에게 들려주고 싶지 않은 것이다. 그렇더라도 쳐들어가는 게 좋지 않을까.

완만한 언덕길을 올라온 커플이 겐타를 피하듯이 길 반대쪽으로 스쳐지나갔다.

시간이 얼마나 흘렀는지 가늠할 수 없었다. 얼마 안 되는 시간 같기도 하고, 긴 시간 같기도 했다. 다시 한 번, 운전석으로 돌아갔다.

가게에 연락하는 게 좋을까.

그러면 유흥가를 배회하는 건달이 방으로 들이닥친다. 남자는 얻어맞고 쫓겨난다. 마리아는 그 남자가 아버지라고 말할까. 단순히 못된 손님이라고 말하면, 매를 맞을지도 모른다. 경우에 따라서는 상당히 심각한 부상을 입는다.

이상 사태가 벌어지고 있다. 그런데도 그녀는 안전을 위한 송신기를 껐다. 방에서 대체 뭘 하려는 걸까. 무슨 일이 벌어지고 있을까.

아버지를 비난하며 몰아세울까.

남자는 어떻게 나올까.

마리아의 아버지가 왜 집을 나갔는지, 왜 빚을 졌는지. 실패한 사업은 무엇이었는지. 남자의 사람됨을 추정하기에는 정보가 너무 부족했다.

성매매업소의 아가씨와 손님으로 밀실에서 맞닥뜨린 딸과 아버지.

남자는 딸과 아내를 남겨두고 도망쳤다. 딸과 아내에게 뒷감당을 시켰다. 딸은 어떻게든 자기 힘으로 대학을 졸업하려 한다.

그 아버지란 사람은 대체 어떤 남자일까.

사업에는 맞지 않는, 그저 우유부단한 타입의 남자일지도 모른다. 아니면 방탕하게 사는 인물일까. 교활한 인간일까.

어느새 겐타는 그녀의 아버지에게 분노를 느끼고 있었다.

딸에게 이런 일을 시킨 부모를 새삼스럽지만 그제야 미워했다.

송신기에서 들려온 짧은 대화.

우주 저 너머에서 날아온 전파처럼 얻어낸 아주 적은 신호(시그널)로 아버지의 전체 상을 떠올려보려 하지만, 뜻대로 되지 않았다. 얼굴이 없는, 단지 남자 목소리와 체격을 가진 인형.

가슴이 갑갑했다.

이어폰을 아직도 누르고 있다는 걸 알아채고, 천천히 손을 떼고 자동차로 돌아갔다.

속도 계기판 아래의 시계 표시는 0시 54분. 이제 곧 방으로 들어간 지 30분이 되어간다.

어쩌면 지금쯤 부모 자식 간의 오랜만의 재회를 기뻐하고 있지 않을까.

30분 동안 이상이 없으면, 이번에는 다른 아가씨를 데리러 가야 한다.

"저어, 사와키인데, 죄송합니다. 차에 오일 경고등이 떴어요. 일단 사나에 씨의 마중은 시부야라 좀 머니까 다른 분이 대신해주셨으면 하는데……. 으음, 아 네, 죄송합니다. 마리아 씨가 끝날 때까지 못 고치면, 택시 태워서 보내려고 하는데, 괜찮겠죠? 네, 그건 문제없습니다. 정비 공장에서 일한 적이 있어서 자잘한 건 고칠 수 있을지도 몰라요."

자동차 정비 일을 해본 적은 없다. 이력서에도 안 썼다.

일단은 시간을 버는 데 성공했지만, 여전히 어떻게 해야좋을지 아무 생각도 떠오르지 않았다. 그런데도 그 자리를떠날 수는 없었다.

이 일을 시작한 후로 몇 가지 문제는 생겼다. 손님의 체인지 요구에 울음을 터뜨린 아가씨를 필사적으로 위로한 적도있다. 몸을 내던져서, 자기의 그 몸에만 의지해서 살아가려는 아가씨들에게 체인지는 모든 걸 부정당하는 느낌이라는것도 잘 안다. 그것은 물론 안타깝지만, 이 일의 시스템이 손님의 만족을 돈으로 바꾸는 것인 이상, 당연히 발생하게 마련이다. 자존심에 상처를 입었더라도 그것을 이겨낼 수밖에없다.

아가씨들도 그건 안다. 알지만 그것을 스스로 받아들이려면 어떤 절차나 시간이 필요한 것이다.

패션 잡지 표지를 몇 개씩 장식하는 톱 모델도, CD가 100만

장씩 팔리는 아이돌도 1억 명 전체가 팬이고, 모두가 악수하고 싶어 하진 않는다. 그런 말을 건네면서 잡담 중에 들었던 그 아가씨가 동경하는 탤런트의 이름을 꺼낸다. 그런 스타라도 모든 사람의 마음에 들 수는 없다고 위로한다.

"겐짱은 엄청나게 예쁜 모델 같은 사람이 구애해도 취향이 아니면 거절해?"라고 물으면, "그야 당연하지, 난 제시카보다는 사쿠라가 더 취향에 맞아"라고 대답하는 것이다. 어디에서 진짜로 만나서 유혹을 당한다면, 보나마나 흐물흐물 맥도 못 추겠지만.

"그럼 겐짱, 날 안아봐."

손님에게 체인지 요구를 당해서 홧김에 될 대로 되라는 식으로 사쿠라가 그렇게 말했을 때, 어쩌면 진심이 조금은 섞여 있었을지도 모르지만, "사쿠라 씨는 프로니까 좋아하지도 않는 남자에게 공짜로 안기면 안 되지"라고 말하자 순식간에 표정이 부드러워지며, "그렇지. 겐짱은 다정하네"라면서 기분을 풀었다.

성적 서비스를 하는 장소로 아가씨를 데려다주는 일은 남에게 당당히 가슴을 펴고 말할 순 없다. 다만 그럴 때는 그녀들이 건강하게 살아가는 데 조금은 도움이 된 기분이 들어서 이 일도 다 나쁜 건 아니라는 생각이 들기도 했다.

그러나 오늘밤, 지금 이 순간, 과연 어떻게 해야 할까.

결과적으로 몇 번이나 아가씨들에게 버팀목이 되었다. 그러나 지금 406호에서 마리아가 직면한 상황은 너무나 버겁다. 어떻게 해야 할지 알 수가 없었다.

45분이 지났다.

'앞에서 계속 대기하고 있어. 곤란하면 나를 불러. 언제든 도우러 갈게.'

마리아의 휴대전화에 문자를 보냈다. 어떻게 해야 그녀에게 도움이 되는지는 알 수 없지만, 어쨌든 도우려는 인간이 바로 옆에 한 명은 있다는 사실만이라도 전하고 싶었다. 보내고 나서 그녀에게 '나'라는 익숙지 않은 단어를 쓴 걸 알아차렸다.

'곤란하면 나를 불러.'

자기가 보낸 문장을 보며, 이런 상황에서도 거드름을 피우듯이 말하는 자기 자신이 부끄러워졌다.

송신기 전파는 여전히 끊긴 채였다. 창문의 불빛도 차단된 채였다.

루즈 맞은편에 있는 호텔에서 나오는 여자 한 명의 모습이 보였다.

출구에 멈춰 서서 좌우를 살피더니 잰걸음으로 서둘러 걸어가기 시작했다. 입구의 전구 장식이 눈이 부셔서 얼굴은 보이지 않았다. 한쪽 손에 짧게 움켜쥔 줄 끝에서 핸드백이 대롱거렸다. 운전석 바로 옆을 지나치는 순간, 가슴 앞에 얹은 다른 한 손으로 블라우스를 누르고 있는 걸 알았다. 아무래도 블라우스 단추 몇 개가 날아갔겠지.

기분 나쁜 밤이다. 마음이 술렁거렸다.

마리아가 있는 호텔 루즈의 창문을 올려다보는 게 과연 몇 번째일까.

내가 움직일 계기를 놓쳐버렸다.

마음을 안정시키려고 틀어놓은 라디오의 음악 프로그램은 어느새 큰 소리로 떠들어대는 개그맨의 목소리로 바뀌어 있었다.

라디오를 끄자 이번에는 정적이 괴로워서 옆 창문을 내렸다. 열린 창문으로 들어오는 거리의 온갖 사람 소리와 자동차 소리가 해변으로 밀려드는 파도처럼 마음속으로 스며들었다. 그 소리가 파도처럼 마음을 뒤흔들었다.

기다림은 분명 익숙한 터였다. 일하는 동안, 거의 대부분은 기다리는 시간이다. 그러나 기다리는 것 말고는 아무것도 할 수 없는 지금 이 순간처럼 마음이 심란했던 적은 없었다.

더는 견딜 수가 없다.

차에서 내려 호텔로 가자.

간다고 해서 뭘 어떻게 하겠다는 계획이 있는 건 아니었다. 단지 더는 가만히 기다릴 수 없을 뿐이었다.

자동차 옆에 서서 문을 잠그고, 가볍게 심호흡을 한 후, 호텔로 향했다.

난생처음 러브호텔 문을 통과할 때처럼 심장이 마구 뛰었다.

"젠짱!"

막 호텔로 들어서려는 찰나였다. 건물 출입구에서 마리아가 나타났다.

그녀는 아주 잠깐 놀란 표정을 지으며 멈춰 섰다. 입을 꽉 다물고, 험상궂은 표정을 짓고 있었다.

"마리……."

젠타가 이름을 채 부르기도 전에 마리아의 표정이 순식간에 일그러졌다.

품으로 쏜살같이 달려드는 그녀를 끌어안았다.

겐타의 쇄골 끝 언저리에 닿은 그녀의 입에서 오열이 흘러나왔다. 그 소리가 차츰 커지며 또렷한 울음소리로 변했다.

길 가던 사람이 시선을 이쪽으로 던지며 지나가는 게 등 뒤로 느껴졌다.

겐타는 러브호텔 거리 한가운데에서 소리 내어 우는 그녀를 사람들의 눈길에서 가려주듯 팔을 활짝 벌려 안아주었다.

어떻게 해야 좋을지 몰랐다.

어쩔 도리가 없었다. 그녀를 안고 있었지만, 마음의 한 조각은 몸 밖에 있어서 근처를 지나는 사람들의 시선으로 두 사람을 바라보았다.

그 광경 속에 있는 그녀가 너무 가엾게 느껴져서 자기도 모르게 팔에 힘이 들어갔다.

얼마나 그러고 있었을까. 영원히 이어지는 게 아닐까 싶을 정도로 긴 시간이었다.

보트넥 옷깃으로 엿보이는 그녀의 목과 어깨에서 턱 밑으로 이어지는 흐릿한 열선과 함께 달콤한 냄새가 풍겼다. 처음으로 아주 가까이에서 맡는 마리아의 체취. 그것은 그녀를 조수석에 태웠을 때의 공기보다 동물적인 냄새였다.

그녀가 먼저 몸을 떼거나 입을 열기 전까지 내 쪽에서는 아무것도 하지 않는다. 아무 말도 하지 않는다. 그것만 결정했다. 그 방에서 무슨 일이 있었는지 모른다. 설령 안다고 해도 건넬 말이 찾아질 리 없다.

인생에 늘 해결책이 있는 건 아니다. 해결책이 없어도 사람은 오늘을 살아가야 하는 것이다.

"미안해요."

몸을 떼어낸 마리아가 고개를 숙인 채로 중얼거렸다.

"차로 가자."

겐타의 말에 그녀는 입을 꾹 다문 채로 고개를 꾸벅 끄덕였다.

개인적으로 고용된 운전기사처럼 그녀를 위해 조수석 문을 열어주었다.

운전석으로 돌아와도 말은 나오지 않았다.

"수고했어."

평범하게 일을 마치고 돌아왔을 때처럼 대하기로 마음먹었다.

차 밖의 거리는 평소와 다름없었다.

"복수해줬어. 내가 눈앞에서 옷을 벗으려고 하니까 그 인간이 엄청나게 당황했어. 이것이 그 인간이 한 짓, 하려던 짓의 결과라는 걸 뼈저리게 깨닫게 해줬지."

억양 없는 말이었다. 이제는 눈물을 흘리지 않았다.

그녀의 얼굴을 보지 않으려고 계속 앞만 보며 운전석에 앉아 있었다.

경찰 순찰차가 회전등을 켜고 옆으로 지나갔다. 걸어가던 몇 커플이 시야에 들어오는 호텔 속으로 사라졌다.

"신나게 놀고 싶다."

말과는 반대로 그녀의 얼굴은 잔뜩 굳어 있었다.

"이거 다 써버릴래. 겐짱, 같이 가자. 오늘은 내가 쏠게."

"이거라니……."

그녀의 손에는 1만 엔짜리 지폐 몇 장이 쥐어져 있었다.

"설마."

"8만 엔. 그 인간, 빚지고 도망친 주제에 의외로 지갑에 돈이 있더라. 전철비로 1,000엔짜리 한 장이랑 동전만 남겨줬어."

뚫어져라 앞만 바라보았다.

"이게 오늘 마지막 수입이지."

"오늘은 됐어. 가게에는 내가 어떻게든 설명해볼게."

"방에 들어간 걸 아니까 체인지가 아니면 설명할 방법이 없잖아. 가게에 돈을 안 넣으면 겐짱이 빼돌렸다고 의심할 걸."

그건 분명 맞는 말이다.

"난 프로야. 상대가 누구든 호텔로 불려가면 돈은 확실하게 받아."

"안기진 않은 거지?"

자기도 모르게 목소리가 작아졌다.

"나한테 비누 냄새 났어?"

고개를 저었다.

품 안에 있던 그녀의 냄새를 떠올려보았다.

서비스를 끝낸 후에는 반드시 샤워를 하고 나온다. 그런 냄새는 아니었다. 뒤늦게 그걸 알아채자 갑갑했던 가슴이 확 풀렸다.

"젠짱, 차 출발시켜. 그 인간 나오겠다. 두 번 다시 얼굴 보고 싶지 않아."

전조등을 켰다.

"어디로 가면 돼?"

차를 출발시켰다.

"어디든 같이 놀러 가줘. 호스트클럽 같은 데서 실컷 놀고 싶다."

"호스트클럽은 처음이면 1회 요금 1인당 5,000엔으로 놀 수 있지만, 제대로 한번 실컷 놀려면 8만 엔으로는 턱도 없어."

마침 길 맞은편 한쪽에 홍보용 호스트 사진을 붙여둔 거대한 간판이 늘어서 있었다.

"겐짱, 굉장히 잘 아네."

"옛날에 일한 적이 있지. 넘버원이 되면 저렇게 간판에 실려. 하마터면 넘버원이 될 것 같아서 허겁지겁 그만뒀지."

"말도 안 돼, 왜?"

"간판에 얼굴이 실리면 부모한테 들키니까."

"에이, 거짓말~."

"하하하, 거짓말이야."

"겐짱 부모님은 딜리헬스 드라이버로 일하는 거 알아?"

"알 턱이 없지."

"역시 말은 못하겠지."

"운전기사로 일한다고만 했어."

"거짓말은 아니네."

"우리는 가족이 뿔뿔이 흩어졌어. 부모님은 아주 오래전에 이혼해서 어머니랑 둘이서만 살았어. 고등학교 졸업하면서 집에서 나왔고."

"왜?"

"어머니는 늘 이혼해서 가난해진 게 자기 탓이래. 고맙긴 하지만, 성가셔. 대학 못 보내줘서 미안하다는 말을 매일같이 들으면 짜증나."

"사랑받는구나."

"아마도. 그런데 그 사람은 가만 놔두면, 평생토록 사과만 하면서 살 것 같단 말이지. 각자 자립해서 자기만을 위해 사는 게 좋겠다는 생각에 반쯤은 가출하듯이 나왔지."

"······."

"집에서 나와서 처음에는 살 곳이 없어서 숙소를 제공해주는 파친코에서 일했어. 학력이 없으니까 자격증을 따야겠다고 생각했고, 그래서 딴 운전면허로 맨 처음 시작한 일이 이거야."

"으음, 겐짱의 개인적인 얘기는 처음 듣는 것 같은데."

"다들 저마다 갖가지 사정이 있지."

"갖가지 사정이 있지. 친딸을 사러 와버린 아버지라거나."

마리아의 마음에 어느 정도 여유가 생긴 듯했다. 그러나 도저히 불가능한 건 아니지만, 아직은 웃을 수 없었다.

"어머니는 안 만나?"

"1년에 한 번. 아, 내 얘기는 됐으니까, 즐거운 생각이나 하

자. 으음, 예를 들면 볼링 같은 건 어때? 개운해질지도 모르는데."

"미안, 볼링은 별로야. 그건 잘하는 사람이나 개운해지지. 스트라이크가 나올 때만 축복받아. 대부분의 시간은 귀퉁이에 남은 핀이나 조마조마 노릴 뿐이라, 위에 구멍이 날 것 같아. 던지는 공의 거의 대부분이 인생의 뒤처리 같거든. 실수하면 공이 홈에 빠져서 두 번 다시 레인으로 돌아오지 않잖아. 그렇지 않으면 레인에 남더라도 아무것도 없는 공간으로 공만 허망하게 굴러갈 뿐이고. 왠지 괴로워."

인생의 뒤처리 같다. 왠지 괴롭다.

마리아가 언젠가 "인생처럼 즐거워", "인생처럼 빛나"라고 말하는 날이 과연 올까. 내 인생도 빛난다고 할 순 없지만.

"좋은 생각이 났다."

구청 거리로 접어들었을 즈음, 운전대를 꺾었다.

"어, 뭔데, 뭔데?"

"금방 알게 될 거야."

"어 뭐야, 겐짱, 기쁜 표정이네. 뭔데 그래?"

대답하지 않았다.

언덕을 올라가서 왼쪽에 있는 코인주차장에 차를 세웠다.

주차장은 휘황찬란하게 조명이 밝혀져 있었다.

"잠깐만 걷자. 바로 옆이야."

"잠깐만 기다려줘, 화장 좀 고칠게. 이대로는 밖에 못 다녀."

가방에서 콤팩트를 꺼낸 마리아가 작은 거울을 들여다보았다.

그러고 보니 아까 울었던 얼굴 그대로였다.

"아 참, 전화해야지."

마리아에게 그 말을 남기고, 차 밖으로 나왔다. 하마터면 잊어버릴 뻔했다.

"여보세요? 사와키입니다. 마리아 씨, 끝났습니다. 차요? 아, 아아, 차 말이죠. 고쳤어요. 고생 좀 했죠. 이제 마리아 씨, 바래다주러 가려고요. 오늘은 이걸로 끝내도 되겠죠? 네, 고맙습니다. 차는 아침까지 늘 세워두는 주차장에 넣어둘게요."

"차, 고장 났었어?"

전화를 끊자 마리아가 앞에 서 있었다.

화장을 고치니 그것만으로도 얼굴이 밝아 보였다. 화장 자체에 마음을 치유하는 힘이 있는 것 같다. 아니면 거울에 그런 힘이 있는 걸까. 어쩌면 여자는 조금 다른 나로 간단히 변할 수 있는지도 모른다. 아니, 화장을 한다면 남자도.

"어, 으음. 그런데 이젠 괜찮아. 걱정할 거 없어."

마치 자기 자신에게 들려주는 말 같았다.

"자, 가자. 바로 옆이야."

가부키초의 밤거리에 조명을 받은 거대한 초록색 그물망이 떠 있었다.

"어? 뭐야? 배팅센터?"

"있는 힘껏 방망이를 휘두르면 기분이 좋아져."

"우와, 좋아! 예전부터 와보고 싶었어. 멋져, 멋져. 드디어 나도 데뷔하네."

그녀의 목소리가 들떠 있었다.

적어도 표면상으로는 한껏 신이 나서 입구로 이어지는 계단을 몇 개씩 올라갔다.

1,000엔짜리를 동전으로 교환하고, 방망이를 빌리고, 어느 부스로 들어갈지 끝에서부터 끝까지 한차례 둘러보며 돌았다.

"여자도 있네."

여성이 맨발로 타자석에 서 있었다.

그물망 저 너머의 하얀 테두리가 그려진 구멍에서 튀어나온 하얀 공을 멋진 스윙으로 쳐냈다. 타구는 쇳소리를 남기고 일직선으로 상승하며 정면 그물망을 힘차게 흔들었다.

"우와, 멋져!"

2구, 3구 잇달아 맑고 통쾌한 안타 소리가 울려 퍼졌다. 그 때마다 맨발의 종아리근육이 꿈틀대며 약동했다. 이 사람은 경험자다.

"나도 빨리 하고 싶어."

옆 부스로 들어가려 하는 마리아를 말렸다.

"거긴 무리야, 넌 이쪽."

경험이 없는 그녀에게 구속球速 110킬로미터는 무리다.

맨 끝에 있는 70킬로미터 부스까지 손을 끌고 데려갔다. 그곳에서 그녀는 뮬을 벗었다.

"맨발은 기분이 좋네. 대지 위에서 살아가는 느낌이야."

그녀가 서 있는 대지는 콘크리트 위의 인조 잔디였다.

타자석에 선 그녀의 뒤에서 공을 때리는 방법을 알려주었다. 중학교에서 야구부 활동을 했다. 부모의 이혼으로 전학을 가면서 야구도 그만두었다.

먼저 양발을 어깨 폭보다 조금 넓게 벌린다.

그립 끝에서 주먹 하나 정도의 공간을 벌리고 방망이를 쥐 어주었다.

준비 자세는 이렇게 해. 오른쪽 어깨 앞으로 잡아. 한번 휘둘러볼래? 좀 더 지면과 수평하게. 좋아. 대체적으로 좋아. 공이 날아오기 전에 방망이를 뒤로 빼. 정면 구멍에서 공이 나올 테니까 공을 잘 봐. 왼쪽 어깨부터 휘두르기 시작해. 방망이를 휘둘러서 맞는 순간까지 공에서 절대 눈을 떼지 마. 그러면 반드시 맞아. 자기 자신을 믿으면, 언젠가는 맞아.

"좋았어, 이제 해보자."

"응. 열심히 해볼게."

녹색 상자에 100엔짜리 동전 세 개를 넣었다.

한 호흡쯤 후에 첫 공이 날아들었다.

완전한 헛스윙.

그때부터 4구째까지 방망이는 계속 허공만 휘둘렀다.

"아아, 왕짜증."

소리를 지르며 휘두른 5구째는 파울팁으로 뒤쪽 지면에 떨어졌다.

"봐, 맞잖아. 이제 거의 다 됐어. 공을 끝까지 봐. 끝까지 보라고!"

6구째. 헛스윙. 7구째도 8구째도 헛스윙. 9구째, 파울팁.

10구째. 라이너성 타구다. 느닷없는 라이너성 타구다.

공은 아름다운 탄도를 그리며 그물망까지 날아갔다.

"좋았어, 그렇게 하는 거야."

헛스윙, 땅볼, 파울팁, 헛스윙, 그런데도 공은 가끔 쾌청한 소리와 함께 하늘 높이 날아올랐고, 그때마다 둘이 환호성을 질렀다.

26구를 다 친 마리아는 에헴 소리를 내며 살짝 자랑스러워하는 환한 표정으로 부스에서 나왔다. 거친 숨을 몰아쉬었다.

"수고했어."

"정말 즐거웠어. 인생까지 밝아지는 즐거움이야."

"과장스럽긴. 표현이 너무 과한 거 아냐?"

"1구, 1구, 그냥 곧 날아올 공만 바라보는 게 좋았어. 헛스윙해도 아무 문제 없잖아. 다시 바로 다음 공이 날아오니까. 앞의 공에서 헛스윙을 했어도 다음 공을 칠 때는 전혀 상관없어. 헛스윙을 몇 번을 해도 또다시 새 공이 나와. 실패가 꼬리를 끌지 않지. 그냥 다음에 날아올 공을 칠 생각만 하면 돼. 이런 건 인생에서는 거의 없잖아. 배팅센터 정도뿐이야."

잘은 모르겠지만, 마음에 확 와닿았다.

"발 씻고 올게."

마리아는 대답도 듣지 않고, 뮬을 어깨높이까지 들고 화장실 앞 수돗가를 향해 패션쇼 모델처럼 사뿐사뿐 걸어갔다. 그런 몸짓을 하는 여성을 영화에서 본 적은 있지만, 눈으로 직접 보는 건 처음이었다.

잠시 후, 은빛 뮬을 신은 마리아가 돌아왔다.

"배고프지?"

겐타가 동의할 것을 의심치 않는 말투였다.

그녀를 먼저 야스쿠니 거리에 있는 패밀리 레스토랑 앞에 내려주고, 가게에서 계약한 주차장에 차를 돌려준 후, 그녀와 합류했다. 데려다주겠다고 말한 마리아와 함께 가게 주차장에 있는 모습을 혹시라도 누가 보면 입장이 난처해진다.

"겐짱도 이젠 맥주 마실 수 있으니까 건배하자."

그녀에게 기운을 북돋워줄 수 있어서 기뻤다. 그러나 다시 힘이 났다고 애써 어필하는 것처럼 보이기도 했다. 어쨌든 평소의 마리아와는 달랐다.

"고마웠어요~."

"수고했어!"

잔을 부딪쳤다.

"새벽 커피면 섹시하겠지만, 새벽 맥주는 그야말로 심야

노동자가 일 마친 느낌이네."

그렇게 말하면서 마리아가 이쪽 표정을 살폈다.

왠지 모르지만 너무나 긴 밤이었다. 그 밤이 밝아오려 한다.

목을 타고 흘러내리는 차가운 맥주를 음미하며, 창밖을 바라보았다.

이 시간대의 신주쿠가 좋다.

밤의 들머리에 소용돌이치던 갈 곳을 잃은 에너지 같은 어떤 것이 밤새 저마다 머물 자리로 찾아들어서 아침에는 거리 전체의 힘이 쭉 빠진다.

가득 베어 문 피자에서 길게 늘어진 치즈를 마리아가 작은 혀로 능숙하게 입 안으로 빨아들였다. 그 모습을 넋 놓고 바라보다가 눈이 마주쳐버려서 허둥지둥 시선을 피했다. 그 앞쪽 테이블에 중년 남녀가 앉아 있었다.

어!

검은 폴로셔츠를 입은 여성의 뒷모습에 시선이 멎었다.

"뭘 그리 뚫어져라 쳐다봐?"

"아니, 아무것도 아니야. 다양한 사람들이 이 거리에서 밤을 지새우는구나 싶어서."

"다양한 사람들이 있으니까 좋지. 학교에 가면 남한테 이런 일을 한다는 말은 못하니까 비밀이 있는 거잖아. 마음 깊은 곳에 데굴거리는 걸 품고 사는 느낌이야. 그런데 가부키초에 있으면, 나보다 훨씬 더 위태로운 사람도 있거든. 말 못할 사정을 안고 사는 사람도 아주 많고, 이게 당연하다느니, 보통은 이렇다느니 하는 법칙도 없잖아. 그래서 이 거리에 있으면, 신이 너도 그렇게 살아가면 된다고 말해주는 기분이 들어. 내 삶의 방식도 잘못된 건 아니라는 생각이 들지.”

“어떻게든 대학 공부를 계속해야겠다고 생각한 이유는 뭐지?”

“어떤 상황에서든 스스로 인생을 개척하는 사람이 되고 싶어.”

창밖이 환하게 밝아졌다.

이미 첫차가 움직이기 시작했다. 창밖에는 역으로 향하는 사람들이 신호를 기다리고 있었다.

레스토랑에 있는 사람들도 잇달아 계산을 마쳤다.

낮 생활을 하는 사람들의 토요일이 시작되기 직전이었다.

그날 오후, 사와키 겐타는 신주쿠 역 남쪽 출구에서 그리 멀지 않은 백화점의 14층에서 엘리베이터를 내렸다.

JR신주쿠 역 플랫폼의 어느 출구로 나가느냐에 따라 거리의 표정이 크게 달라진다.

서쪽 출구에서 지하도를 따라 지상으로 나가면, 고급 호텔과 사무실 건물과 도쿄 도청이 높이를 경쟁하는 고층 빌딩 지역이라 아침저녁 출퇴근 시간대를 제외하면 사람이 놀라울 정도로 적다. 일단 빌딩 안으로 흡수되어버리면, 대부분의 사람들은 퇴근 시간까지 그 건물에서 나오지 않는다. 그리고 늦은 오후부터 밤에 걸쳐 개미떼처럼 또다시 역으로 향하는 사람들의 이동이 시작되고, 심야까지는 거리가 텅 빈다.

그 반대쪽, 동쪽 출구에서 나와 북쪽으로 조금 가면, 동양 최고라고 일컬어지는 환락가인 가부키초다.

가부키초를 걸어가면, 고작해야 50미터 정도 거리의 골목에 걸린 간판 숫자만으로도 광대한 서쪽 지역의 모든 간판 수를 가볍게 넘어설 수 있겠다 싶을 정도로 무수한 가게 간판이 지상에서 빌딩 꼭대기까지 복작복작 들어차 있다.

거리를 지나는 사람들은 그런 무수한 가게들 대부분에 평생토록 단 한 번도 발을 들여놓지 않는다. 몇몇 가게만이 한 인간의 영역인 것이다.

그 대신 각각의 가게에 각각의 손님이 온다.

같은 거리에 있으면서도 사람들은 거의 섞이지 않는다.

서로 섞이지 않은 채로 저마다 그 지역의 공기를 만들고, 그 지역을 지키려 애쓰며 시간을 보낸다.

서쪽 출구의 건물 안에 사람이 가득 차 있는 낮시간, 가부키초의 길목에서는 막대한 쓰레기가 수거된다. 서쪽 출구의 건물이 사람들을 토해내는 시간부터 가부키초의 골목도 가게도 사람들로 채워진다.

서쪽 출구에 볼일이 있는 사람은 한정되어 있다. 볼일이 없는 사람에게는 그저 차가운 콘크리트뿐인 곳이다.

가부키초는 아마 누구에게나 뭔가를 제공해줄 수 있겠지만, 사람에 따라서는 그곳 공기에 거부반응을 보이는 경우도 있다.

고층 빌딩의 서쪽 출구, 가부키초가 있는 동쪽 출구, 그 두 출구에 비하면 남쪽 출구는 새롭고 깨끗해서 신주쿠다운 특징이 없는 반면, 누구에게나 친숙하게 조성되어 있다.

백화점 위층에 있는 식당가는 역시나 오랜만에 만나는 가족이 함께 식사하기 적합한 분위기가 감돌았다.

어머니와는 한 달에 한두 번, 문자로만 연락을 주고받는다.

'요즘 슬슬 장어가 먹고 싶어지는데, 같이 먹을래?'

그저께 그런 문자가 왔다.

장어가 1년에 한 번 있는 어머니와 아들의 상례 행사가 되었다.

부모님과 셋이 살았을 무렵에는 집에서 장어를 먹은 적이 단 한 번도 없었다. 중학생이 되었을 때, 입학 축하라며 장어 가게에 데려간 후에는 부부 사이가 나빠져서 가족끼리 외식하는 일도 사라졌다.

어머니가 예약했다고 보내온 식당이 이곳이었다. 가게는 매번 다르다.

무명천에 검은 글씨로 '장어'라고 쓴 포렴을 헤치고 들어갔다.

"야가미로 예약됐을 텐데요."

어머니는 이혼하고 옛날 성姓으로 돌아갔다.

기모노를 입은 점원이 안내해준 반쯤 개방된 창가 룸에서 어머니가 기다리고 있었다. 옛날부터 즐겨 입던 외출용 원피스 차림이었다.

"건강해 보이네."

창에서 들어오는 빛 때문인지 얼굴색이 환해 보였다.

"너, 좀 피곤하니?"

"어머니는 만날 때마다 피곤해 보인다고 하더라. 살아 있는 사람은 대체로 늘 조금은 피곤한 법이야."

일상을 공유하지 않는 가족끼리 서로의 삶에 깊이 관여하지 않으려고 조심하는 어색한 대화였다. 가끔 주고받는 문자에도 덥다느니, 춥다느니, 비가 계속 온다느니 하는 대화뿐이었다.

"나, 이제 스물다섯이야. 고등학교 졸업하고 일하기 시작한 지 7년이나 지났다고. 고생시키니 뭐니, 보호자처럼 구는 말 좀 그만해요."

어머니와 대화하면 늘 조바심이 난다. 10년 전부터 줄곧 아들을 자기들 이혼의 희생자로 삼기 때문이다.

"그보다 어머니, 좋아하는 사람 없어?"

"없어."

너무 빨리 부정한다는 생각이 들었다.

"오늘 아침에 어머니랑 닮은 사람이 어떤 남자랑 식사하는 걸 봤는데."

뒷모습만으로도 느낌이 확 왔지만, 가까이 다가가서 확인하지 않은 까닭은 괜한 일로 마리아의 마음을 흔들고 싶지 않았고, 어머니와는 오늘 만날 예정이 있었기 때문이다.

"너, 그 가게에 있었니? 그럼 아는 척을 하지."

놀라는 표정이었다. 그리고 복잡한 감정이 뒤섞인 얼굴이었다.

"그 사람은 직장 동료야. 옛날에는 큰 회사에서 일했던 사람이라 오랫동안 외국에서 지낸 적도 있대."

"건물 청소하는 일이라며? 새벽 5시에 직장 동료랑 식사를 하나?"

몰아세울 마음은 없었다. 어머니는 스무 살에 나를 임신해서 낳아 키웠다. 오히려 마흔다섯 살인 어머니에게 애인이 생기는 건 좋은 일이다.

"어어, 청소 일이야. 낮보다 밤에 일할 때가 더 많아. 어제도 밤에 일해서 끝나고 아침 먹으러 간 거야."

놀랍지는 않았다. 청소 일이라는 것 외에 다른 얘기를 들은 건 처음이었고, 밤에 일하는 사람은 얼마든지 많다. 자기도 마찬가지였다.

"자주 같이 식사해?"

"오늘 처음 가자고 한 거야."

"기분 좋아 보이네."

"기분 좋지. 상대가 어떻다기보다 식사 같이 하자는 말을 들은 게 조금 기뻤다고 할까. 오랫동안 그런 게 없었으니까."

"그럼 잘됐네."

첫 데이트가 패밀리 레스토랑이고, 그것을 나름대로 기뻐하는 것도 어머니다운 모습일지 모른다.

그 후에는 시시한 얘기가 이어졌다.

에어컨이 고장 나서 수리하는 데 돈이 들었다느니, 그러면 차라리 바꾸는 게 쌌을지 모른다느니, 호우로 발생한 재해 이야기, 요즘 텔레비전은 연예인이 나오는 버라이어티뿐이라 재미가 없다느니 하는 얘기들이었다.

3,600엔짜리 '장어덮밥·죽竹'은 이미 다 먹었다.

4,700엔짜리 '장어덮밥·송松' 이상이 아니면, 기모스이(장어의 간으로 끓인 국 - 옮긴이)는 안 나온다. 그 대신 붉은 된장으로 끓인 된장국 추가는 무료였다.

"넌 어때? 여자친구는 없고?"

"없어."

"아침에 누구랑 밥 먹으러 온 거잖아."

"그 사람이야말로 직장 동료야."

"운전기사라고 들었는데, 밤에 일하는구나."

"오후부터 밤늦게까지. 아침까진 좀처럼 안 하고."

"건강 조심해."

또다시 성가신 어머니 대화가 펼쳐질 것 같았다. 일에 관해서는 설명하고 싶지 않았다.

"가끔씩 장어나 먹어요."

그렇게 말하고 자리에서 일어섰다.

그리고 여느 때처럼 누가 계산을 하느냐로 옥신각신하는 대화가 오갔고, 늘 그렇듯이 어머니가 계산했다.

식당에서 나와 엘리베이터 앞에서 헤어지기로 했다.

"여자를 울리면 안 돼."

문이 열려서 막 타려는 순간, 어머니가 작은 목소리로 말했다.

기다리고 있던 몇몇 사람이 마지막으로 올라탔고, 이쪽을 보며 살며시 손을 흔드는 어머니의 웃는 얼굴을 엘리베이터 문이 소리도 없이 미끄러지며 가로막았다.

그 자리를 떠나기 전에 창으로 지상을 내려다보고 싶어졌다.

주오선, 소부선, 야마노테선, 사이쿄선, 쇼난신주쿠 라인, 오다큐선, 게이오선…… 수많은 선로가 각각 어느 노선인지는 전혀 모르지만, 잇달아 꼬리를 문 전철들이 쉴 새 없이 드나들었다.

시선을 되돌리자 어머니가 탄 엘리베이터가 3층을 막 통과하는 중이었다.

일에 관해 어머니에게 솔직하게 얘기하자.

문득 그런 생각이 든 겐타는 어머니를 쫓아가려고 옆에 있는 계단을 뛰어 내려가기 시작했다.

어머니가 몇 층에서 내릴지도 모른 채로.

첫차에는 막차와 다르게 다음 차가 온다는 가능성의 세계가 있다. 그러나 그것은 물론 저절로 얻어지는 혜택은 아니다. 막차가 끊긴 후 맞닥뜨리는 어둡고 막막한 방황의 시간을 감내해야 비로소 맛볼 수 있는 감로수다.

이 책 『첫차의 애프터 파이브』는 40만 부가 넘게 판매된 『막차의 신』의 후속작으로 총 다섯 개의 단편으로 구성되었다. 전작이 막차 안에서 일어나는 이야기가 중심이었다면, 이번에는 공간적 한계에서 벗어나 막차가 끊긴 후부터 첫차가 움직일 때까지 일어나는 다양한 삶의 양상에 초점을 맞추며 그 범위를 확장시켰다. 이 이야기들은 모두 8월의 마지막 금요일 밤, 대중교통이 끊긴 후에도 여전히 활기차게 살아 숨 쉬는 '신주쿠'를 배경으로 펼쳐진다. 휘황찬란한 대도시의 이면, 그 화려함 속에 감춰진 사회 저변의 고단한 삶들을 다룬다.

표제작 「첫차의 애프터 파이브」는 젊은 시절에 뛰어난 능력을 인정받아 세계를 누비던 해외 주재원이 지금은 낙오자로 전락하여 한밤중에 러브호텔 청소부로 일하는 설정이다. 두 번째 단편 「스탠 바이 미」는 별 볼 일 없는 지방 가수가 스트리트 뮤지션을 꿈꾸며 상경해 뜻밖의 계기로 노숙자 남성에게 용기를 얻어 첫 버스킹에 성공하는 이야기이고, 「초보자 환영, 경력 불문」은 일하던 세무사사무소가 문을 닫아 현재는 바텐더로 일하는 여성과 동일본 대지진으로 재난을 입고 신주쿠에서 호스티스로 일하는 여성의 심리적 교류를 그려냈다. 「막차의 여왕」은 박사과정을 마치고 연구원이 되고자 발버둥을 쳤지만 결국은 좌절하여 프로그래머가 된 남성과 올림픽 특별훈련 지정 선수 선발전에서 탈락해 에어로빅 강사로 생계를 유지하는 옛 여자친구의 이야기다. 마지막 작품인 「밤의 가족」은 가정 형편상 대학 진학을 포기하고, 정규직에도 취직하지 못해 출장 성매매업소에서 아가씨들을 데려다주는 운전기사로 일하는 청년의 삶이 그려진다.

이들 이야기에 등장하는 사람들은 모두 대도시의 대명사이자 다국적 거리인 신주쿠, 노골적으로 드러낸 욕망과 그것을 둘러싼 야심이 꿈틀대는 공간에서 얽히고설키며 살아간다. 평범한 직장인, 카리스마 호스트, 연예인, 외국인 관광객, 게이, 장사꾼, 스트리트 뮤지션, 노숙자, 유흥업소 아가씨…… 그야말로 온갖 삶이 부딪치는 곳이 바로 신주쿠다. 그곳에서는 러브호텔에 들어가는 커플도, 편의점으로 향하는 사람도, 업무 중인 사람도 같은 시간에 같은 장소에 당연하다는 듯이 공존하다. 그 누구도 거부하지 않는 블랙홀 같은 강력한 흡입력을 가진 그 공간은 어떤 이들에게는 안도감을 준다. 그리고 대부분은 멋지지도 근사하지도 않은 그들은 용광로 같은 그곳에서, 북적이는 인파 속에서 고되고 팍팍한 삶을 잠시나마 잊고 잠깐의 자유를 누린다.

이 작품은 전체적으로 이렇다 할 기복이 없다. 요란한 감동도 없고, 큰 사건도 없다. 그런데도 읽고 나면 마음이 온화해진다. 사람이 좋아지고 따뜻한 시선으로 타인을 바라볼 수 있게 된다. 어쩌면 사회의 일선이라는 막차에서 이미 내린 사람, 비주류로 살아가는 이들에게 좀 더 공감이 가는 내용일지도 모르겠다. 그러나 어두운 밤을 견뎌내고 첫차를 타는 이들에게만 보이는 풍경은 분명 존재할 것이다. 첫차를 잇는 다음 차들이 있듯, 그들에게도 다른 선택지가 주어지는 날이 언젠가는 올 것이다. 인생에는 해결책이 있는 건 아니다. 해결책이 없어도 우리는 오늘을 살아가야 하는 숙명을 짊어질 수밖에 없다. 그러다 보면 희끄무레하게 밝아오는 여명 너머로 저마다의 첫차가 올지 모른다. 새해와 함께 출간되는 이 책을 읽는 독자들도 플랫폼으로 힘차게 들어서는 희망 가득한 첫차를 만날 수 있기를 바란다.

첫차의 애프터 파이브

초판 1쇄 인쇄 ｜ 2020년 2월 10일
초판 1쇄 발행 ｜ 2020년 2월 17일

지은이 ｜ 아가와 다이주
옮긴이 ｜ 이영미
펴낸이 ｜ 박남숙

펴낸곳 ｜ 소소의책
출판등록 ｜ 2017년 5월 10일 제2017-000117호
주소 ｜ 03961 서울특별시 마포구 방울내로9길 24 301호(망원동)
전화 ｜ 02-324-7488
팩스 ｜ 02-324-7489
이메일 ｜ sosopub@sosokorea.com

ISBN 979-11-88941-40-7 03830
책값은 뒤표지에 있습니다.

이 도서의 국립중앙도서관 출판예정도서목록(CIP)은 서지정보유통지원시스템 홈페이지(http://seoji.nl.go.kr)와
국가자료공동목록시스템(http://www.nl.go.kr/kolisnet)에서 이용하실 수 있습니다. (CIP제어번호 : CIP2020002259)